冷徹外科医のこじらせ愛は重くて甘い

第一章

長らく立ちこめていた黒い雨雲は長く空に留まらず、初夏が訪れる気配が感じられるこの頃。

私、月野胡々菜《つきのここな》はフロアに飾る花を腕に抱いて空を見上げた。薄雲の間からは青空が覗いている。

そんな陽気の中、私は小さくため息をついた。

(六月も終わりかあ、もうすぐ誕生日が来てしまう)

以前は楽しみだった誕生日が少し憂鬱になる。

気持ち的にはまだ二十代でも、迎えるのは二十九歳の誕生日だ。

(本気で恋人は欲しいと思うけど、慌ててもいいことがないのは先日身に染みたばかりだし……)

「っと、時間がない!」

花束を持ち直し、止めていた足を再び動かす。

そのとき、不意にスマホの着信音が鳴った。花束を片手に持ち直し、発信者を確かめる。

(知らない番号……誰だろう。もしかして取引先の人?)

「はい、月野です」

『お世話になっております。私、マルネットの高橋《たかはし》と申します!』

「マル……ネット、ですか？」

『はい。退会されてから半年以上経過しましたが、その後どんなご様子でしょうか』

「……あ、ああ！　結婚相談所の方ですか」

そう、私は一年ほど前に勢いで結婚相談所に登録をしたのはいいものの、あまり気が乗らないという理由でほぼ活動しないまますぐに退会してしまったのだ。

まさかこのタイミングで電話がかかってくるとは。

「ええと。今仕事中なので、ちょっと……」

『失礼しました。ではまた夕方にかけさせていただき……』

「いえ、連絡は結構です。今は入るつもりないので」

『お相手がお決まりに？』

「そうではないんですが」

『でしたらぜひお話だけでも！』

(しまった、決まったって言えばよかった)

わかりやすく勢いを得た相手は、ダメ押しのようなセリフを吐いた。

『今日が人生で一番若い日ですよ。今なら再入会の方には特別価格で――』

「結構です！」

思わず大きな声で断りの言葉を告げ、さっと通話を切る。

再度かけてくる様子がないのを確認し、がくりとうなだれた。

（人生で一番若い日なんて、そんなことわかってるよ！　デリカシーないなあ）

勤務するオフィスの自動ドアを抜け、エントランスの奥に待機している受付の女性に買ってきた花束を差し出した。

「こちら、今週のぶんです」

「ありがとうございます！」

彼女は立ち上がって笑顔でそれを受け取った。

「花瓶への活け方は大丈夫ですよね」

「はい、あとはこちらでやりますので」

花の世話をすっかりお願いし、私は自分のオフィスへと戻った。


「またなの？」

総務課の手前にある経理課の入り口で、廊下に圧のある声が響いた。

（この声は……）

「無理なものは断らないと。どんどん仕事が溜まって回らなくなるわよ」

（お、おハルさん⁉）

おハルさんは入社当時私の教育係をしてくれた大先輩で、今でも仲よくしてもらっている。そんな彼女が心配がゆえに後輩社員に意見する姿は珍しくないけれど、最近ではそれが彼女のイメージに不利に働いているのを私は勝手に心配している。

余計なお世話と思いつつ、経理課にそっと足を踏み入れ、おハルさんに耳打ちした。

「おハルさん。もうお昼休憩です」

すると、おハルさんはハッとしたようにこちらを振り返り、壁にかかった時計を見て冷静に頷いた。

「そうね。彼の休憩時間まで奪う権利はないものね」

おハルさんがもういいわというように踵《きびす》を返すと、男性社員はぺこりと軽い会釈だけしてフロアを出ていった。

（おハルさんのこと、悪く思ってないといいなあ……）

私もお人よしと言われて久しいけれど、おハルさんもなかなかなのだ。彼女とは隠し事のできない性格が合っていて、毎日お弁当を一緒に食べている。


「災難でしたね」

おにぎりを頬張りながらあまり重くならないように声をかけると、おハルさんはもうさっきのことは忘れたようにキョトンとしている。

「災難はココちゃんでしょう？　マンションに入れなくなったってどういうことなの？」

「あ——、それは……」

急に自分の話を振られて焦る。

確かに私は現在借りているマンションに帰れなくなって、三日ほどビジネスホテルから出勤していた。

（初めて利用したマッチングアプリで一回会っただけの相手にストーカーされるなんて……確かにすごい災難だよね）

〝プロフィールではわからない部分をお互い知れたらいいな〟という気持ちで会った私とは違い、相手はすぐにでも結婚してくれる人を探していたみたいだった。

まだカフェで趣味などを探り合っている段階で、一軒家とマンションどちらに住みたいかとか、子どもは何人が理想かとか矢継ぎ早に聞かれてまいった。

（合わないなと思って、その日のうちに断ったのに）

プライドを傷つけたのか、その日から私への嫌がらせのような行為が続いている。

『嘘つき』『許さない』などとなじる内容のメールが届いたかと思うと、急に『愛してる』『また会いたい』という未練を示すようなメールが届く。それだけならブロックすればいいけれど、ＳＮＳにもそれらしい人がいろいろメッセージしてくることも続いている。

さらには、マンションを出たところで変装をした彼がこっそり立っていたこともあって、そのときはさすがに背筋が凍った。

これはもう、ストーカーと言っていいレベルなのではないだろうか。

（結婚どころか、お付き合いすら不可能な人だった……）

「引っ越したら？」

おハルさんのズバリとした言葉に頷く。

「それも考えたんですけど、貯金もそんなに多くないのにそこまでしてしまうと……身動き取れなくなりそうで」

「……そうよね、ココちゃんは悪くないのに、そんなやつのためにお金使うなんて馬鹿げてるわよね。かといって、マンションに戻っても危ないし。何か対策を考えるわ」

眉根に皺を寄せ、自分のことのように思考を巡らせている。

こういうとき、おハルさんは誰よりも真剣に向き合ってくれる。まるで本当のお姉さんみたいだ。

地味に見せているけれど、彼女は本当はすごい美人なのだ。

普段表情があまり変わらないから近寄りがたい印象があるのかもしれないけど、その理知的な顔は誰もが整っていると認めている。さらに、後ろで束ねている黒髪は清潔感があって美しい。

(こんなに素敵な人なのに、会社では誤解されてるのが私は悔しい)

頬を膨らませる私の横で、おハルさんがハッとしたように顔を上げた。

「なんだ、簡単じゃない!」

彼女は綺麗なロングヘアを束ね直すと、キリッとした視線を私に向けた。

「今日からうちに来なさいよ」

「え?」

唐突な申し出に、私は思考を止めておハルさんを見返す。

「うちって……おハルさんとこですか?」

「そうよ。部屋は掃除しきれないほどあるし、好きなだけ滞在していいわよ」

（どんな豪邸に住んでるんですか）

おハルさんの身につけているものを見ていると、結構いい暮らしをしている人だろうと想像していたけれど。私は会社での彼女しか知らず、正直、プライベートはほとんどわからない。

（もしかして、すごいお金持ちのお嬢様だったりして）

「引っ越しサービスを利用して、ココちゃんのものはうちに運んでもらったら？」

「え、ええ。でも……」

（今まで食事をご馳走してもらうことくらいはあったけど、生活まで頼ってしまっていいんだろうか）

「すごく嬉しいんですけど。おハルさんにそこまでしてもらうわけには……」

「いいのよ」

遠慮しようとする私の言葉を遮り、おハルさんはさらに誘いの言葉を加えた。

「うち、広いのに人がいなくて寂しいのよね……ココちゃんに来てもらいたいっていうのは私の我儘《わがまま》なのよ」

そこに嘘はなく、おハルさんは心から私に来てほしいようだった。

「ほ、本当にいいんですか？　でも、同居のご家族が驚かれるのでは……」

（確か妹さんと弟さんがいたような）

「妹には私から伝えるわ。弟はほとんど帰ってこないし、両親は訳あって別々に暮らしてるから。だから安心して」

（そこまで言ってもらえるなら）

「ありがとうございます……じゃ、お言葉に甘えて……」

「よかった！　ココちゃんと暮らせるなんて嬉しい！」

おハルさんにぎゅっと抱きしめられ、ちょっと照れてしまう。

（こんなに歓迎されるなら、私も嬉しいかも）

こうして、私はおハルさんのお宅に目処がつくまで住まわせてもらうことになった。


「あれが私の家よ」

お手伝いさんによって解除された外門の奥には、確かに掃除しきれないほど部屋があるだろうと思われる大きな洋館が見えた。

「家……っていうか、お屋敷ですよね」

「ふふ、皆そう言うわね」

眼鏡の奥にある涼しい瞳を細め、おハルさんは淡々と進んでいく。私もその後ろを慌ててついていった。

お屋敷の前には運動会でも開けそうな広い庭が広がっていて、スプリンクラーで水を撒いている芝生は青々としていて眩しい。奥には池のようなものが見え、側には可愛い屋根付きのベンチが設置されている。

外に出なくても、ここを散歩しているだけで観光気分が味わえそうな風情だ。

「おハルさんってお嬢様だったんですね」

「アラフォーのお嬢様っていうのも、ないと思うけどね」

くすくすと笑って、おハルさんはこちらを振り返った。

「ただ、うちはちょっと特殊な人間が多いから最初は戸惑うかもしれないわ。一番の問題児は弟ね」

「っ、弟さん！　確か、外科医をされてるんですよね」

「そうよ。今日は珍しく家に寄るって言ってたから、紹介できるかもしれないわ」

おハルさんの弟さんは凄腕の外科医で、誰でも名前を聞けば知っている私立病院に勤務しているとか。その精密でロボットのような高度な手術テクニックと整ったルックスで、医者であるにもかかわらず、患者だけでなく医療関係者からも人気だと聞いたことがある。

有名な医療雑誌の表紙を飾っているとおハルさんから聞いたときは、思わず本屋に走ってしまった。

（確かにすごいイケメンだった。そんな人とひとつ屋根の下で……!?）

今更ながらアワアワしている私を見て、おハルさんはクスリと笑った。

「そっか、ココちゃんは男性の兄弟がいないから緊張するわよね」

「あ、いや……」

（緊張するのは、そういう理由ではないのですが）

「弟さんって、外で生活されてるんですか？」

「そうなのよ。一人で楽に過ごすほうがいいって、ほとんど病院近くのホテルを住まいにしてるの。妹がうるさいから時々戻ってくるけど」

「妹さん……は、まだお若いんでしたっけ」

「今年十七歳。幼い頃に事故に遭ってしまって、足が不自由なの」

高校は通信制の学校に通っていて、お屋敷で過ごす時間が長いのだという。

(ご両親が一緒に住んでいないという事情もあるようだし、おハルさんにも人知れず抱えている悩みがあるんだろうな)

「まあ、いずれ家族のことは少しずつ話すわね。それにココちゃんはうちの事情は気にせず、自分の家みたいにくつろいでね」

「あ、はい」

私は深く頷いて、それ以上の質問は控えた。

おハルさんはにこりと微笑むと、到着したドアの前でもう一度ベルを鳴らした。確認するまでもなく、再びお手伝いさんによってロックが解除される音が響いた。

すると、頭上から驚くほど低い男性の声が降ってきた。

「来客があるなんて聞いてなかったけど」

「うわっ!」

驚いて振り返ると、そこには映画か何かから飛び出してきたのかなと思うほど整った顔立ちをした男性が私を見下ろしていた。

（こ、この人は……っ）

軽く百八十センチは超えているような長身で、羽織った淡いグレーのコートは上質そうで、放つオーラに後ずさりしてしまいそうなほどのまばゆさがある。

切れ長の鋭い瞳は当然のように美しいけれど、見つめたら一瞬で相手を凍りつかせるような温度のないものだった。

「どなた？　姉貴の友達？」

その視線を受けた瞬間、背筋がビシッと正されるのを感じた。

（虎とかライオンとか、動物園でしか見たことないけど……肉食獣ってこういう目だよね？）

そう思わせるほどに、その男性は物静かな雰囲気とは裏腹な目をしている。

そんな感覚に陥っていたけれど、過ぎた時間はおそらく二秒くらいだ。

私が固まっているのを見て、おハルさんは私の前に立ってその男性を見上げた。

「会社の後輩を連れて帰るって連絡したわよ。三回も。でも、電源切ってたみたいだから」

「あー……今日、手術ふたつ入ってたからな……オフったままだった」

だるそうにそう答えると、ポケットから携帯を取り出して通信をオンにした。

「教えてくれてサンキュ」

それだけ言って興味なさげに中に入っていこうとする。それを見て、おハルさんは慌てて彼を呼び止めた。

「待って、彼女、今日からしばらくここに泊まってもらう予定だから。紹介させて」

「……」

一秒も無駄にしたくないといった感じでため息をつくと、こちらへ向き直った。

「手短にどうぞ」

「彼女は月野胡々菜ちゃん。会社の後輩なの。ちょっと住んでる場所に問題が起きてね、しばらくここから会社に通ってもらうことにしたのよ」

紹介を受け、私は今更ながら深々と頭を下げた。

「つ、月野胡々菜です！　急で大変ご迷惑をおかけします!!」

「どうも……桐生《きりゅう》斗真《とうま》です。姉がお世話になってます。ごゆっくりどうぞ」

斗真さんは抑揚のない口調でそう言うと、もういいかと言わんばかりの態度で開いたドアの隙間に消えていった。

（な、なんて無愛想な……）

雑誌の表紙を飾っていた彼はもう少し柔らかな笑みを浮かべる紳士だった。だから多少優しげな印象もあったけれど。

（第一印象ですでに嫌われたとか？　いや……まだ挨拶しただけだから、そんなわけないか）

手術をふたつもこなしてきたというし、疲れているんだろうか。

「ごめんね。斗真は仕事モードのとき以外は、いつもあんな感じよ。少しずつ慣れてくると思うから、最初は我慢してね」

「あ、いえ……」

「ココちゃんと合うと思うのよね」

「合うって？」

「相性がいいんじゃないかなーと思って。どう、斗真を恋人候補にしてみたら？」

「ええっ!?」

今会ったばかりの人に、そんな発想はとても持てない。

私の驚きっぷりを察して、おハルさんは苦笑した。

「もちろん冗談よ。気にしないで」

そう言って私の肩にポンと手を乗せると、斗真さんの消えていったエントランスの中へ足を進める。

(驚いた。おハルさんらしくない冗談だったなあ)

後ろを追いながら、私はまだ混乱している頭を一生懸命鎮めた。

ふくよかで優し気なお手伝いの田嶋《たじま》さんに挨拶をし、そのあとは彼女に建物の中を一通り説明してもらった。

「それで……こちらが、月野様にご用意したお部屋になります」

「わ、いいんですか？　こんな広いお部屋を」

十畳くらいある部屋をぐるっと眺めて、その広さとシンプルに置かれた家具や敷かれた絨毯の高級さに目を見張る。建物には少し古めかしい空気が漂っていたけれど、揃えてあるタンスやドレッサー、ベッドなどはホワイトで統一されていて、とても近代的で清潔感のある部屋に仕上がっている。

「晴子《はるこ》お嬢様が高校生までご使用になってたお部屋です」

「そうなんですね」

まだ珍しげに部屋を見回しながら、来る前に急いで自分のマンションで荷造りしたキャリーケースを置く。当面は外で暮らせるように、着替えやらお化粧品やら通帳やら、なかったら困ると思われるものを詰めこんである。

(高校生の時点でこんな部屋で生活してたなんて……やっぱりおハルさんは本物のお嬢様なんだな)

「ここにあるものは自由に使っていいとのことでしたので、ご遠慮なく」

「ありがとうございます」

田嶋さんが去って、とりあえず深く深呼吸する。

おハルさんの至れりつくせりの心遣いにより、私は一週間ぶりに恐怖を感じることなく過ごせる場所を確保することができた。

(問題はまだ解決してないけど、とりあえず冷静になる時間はもらえたなあ。ありがたい)

「はー……よかった」

真っ白なリネンでコーティングされたベッドに体を横たえると、ほどよいスプリングが私を優しく包んだ。

（ふかふか……寝ないように注意しなくちゃ）

そう思っているうちに寝入りそうになっていると、携帯におハルさんから連絡が入った。

「ん……は、はい。胡々菜です」

『休んでるところごめんね。少しくつろいだら一階のダイニングに来てくれる？　夕飯を用意してるから』

「はい。あ、お手伝いします」

『ふふ、いいのよ。うちは専属シェフと田嶋さんが全部やってくれるから』

「そう、なんですか？」

（お抱えシェフがいる家って本当にあるんだ）

想像を超えるお嬢様ぶりに、驚きで目が覚めた。

「すぐに行きますね」

『ゆっくりでいいわよ』

優しくそう言って、おハルさんは通話を切った。

（ああ、こんなにしてもらって……おハルさんには一生頭が上がらなくなりそう）

「にしても、おハルさんは何者なんだろう。ご両親がどんな仕事をしていたらこんな生活ができるの？」

今までは会社での付き合いだしと、あまりプライベートに突っこんだ話はしてこなかったけれど、一緒に生活させてもらうとなると俄然興味が湧いてしまう。

「タイミングを見ていろいろお話を聞こうっと」

ベッドでの軽い休憩のおかげで元気を取り戻した私は、身だしなみを整えて、少し緊張気味に一階のダイニングへと向かった。


「待ってたわよ」

庭と同じくらい広いリビングに設置されたテーブルに、すでに着席しているおハルさんがラフな部屋着姿で微笑んでいた。その姿は会社にいるときとはまるで別人で、思わずまじまじと見つめてしまった。

「そんなに見つめられると照れるわね」

「あ、すみません。おハルさんがあまりにキレイで」

長く艶やかな髪を下ろした彼女は、ミステリアスな雰囲気を醸す美女だった。こんな姿を会社の人が見たら、一気に人気が出てしまいそうだ。

「ふふ、ありがと。さ、私の観察はこれからいくらでもできるから、まずは食卓について」

「は、はい」

卓上には食べきれないほどのご馳走が湯気を立てて並んでいた。

すると、廊下から若い女の子のはしゃぐ声が聞こえた。

「あ、絵茉《えま》が来たわ」

（絵茉ちゃん。おハルさんの妹さん。わードキドキする！）

身構えていると、斗真さんが絵茉ちゃんをお姫様抱っこして現れたからビクッとなった。

(肌が白い……お人形さんみたい)

甘えるように斗真さんに抱きつく絵茉ちゃんを横抱きにしている斗真さんは、まさに王子様。それくらい彼はスタイルも整っているし、顔も完璧なシンメトリーで構成されている。

(改めて見ると、こんな完璧なイケメンってそうそういないよね)

私はときめくより前に、映画でも見ているかのようにポカンと二人の姿を見ていた。

「ほら、もう降りろ」

斗真さんは絵茉ちゃんをそっと床に下ろして席につかせた。そして、彼女の隣に座ると、私とバチっと目が合った。

(うわ、いきなり私の目の前に座るとか。びっくりするよ)

「あ、あの。絵茉さん、はじめまして。月野胡々菜といいます」

二人の視線が私に向いていて、緊張で挨拶がしどろもどろになる。

「私、おハルさん……いや、晴子さんの職場の後輩でして。今日からここに……」

「お姉様から聞いてるわ」

全部を語る前に言葉を遮られ、絵茉ちゃんは私を値踏みするようにじっと見た。それからふっと息を吐くと、ナプキンを膝に敷きながら短く言った。

「長くいるわけじゃないんでしょ？」

「あ、そうですね」

「絵茉、そういうときはごゆっくりって言うものよ」

「……ごゆっくりどうぞ」

（そりゃ唐突に同居する人間が現れたら、すぐに歓迎はできないよね）

絵茉ちゃんの気持ちを察しつつ、私はもう一度丁寧に頭を下げた。

「ご迷惑にならないようにしますので、よろしくお願いします」

「ふん」

勝気を隠さずツンと横を向く顔は整っていて、やっぱりお人形さんみたいだ。

（いずれ仲よくなれたらいいな……今日のところは、受け入れてくれただけで感謝だな）

「今日はせっかく皆で食卓を囲めたんだから。乾杯しましょうよ」

おハルさんの提案で絵茉ちゃん以外はワインで乾杯をすることになった。

食前酒程度の軽い白ワインを口にしたあとは、シェフが腕を振るったという絶品のイタリアンを遠慮なくペロリと完食してしまった。

シーザーサラダ、オニオングラタンスープ、ジェノベーゼパスタ、ミラノドリア、フルーツゼリーのデザート……

すべてレストランで出るものみたいに美味しく、夢のようだった。

「……住む場所がない上に、食べるのも困る状態だったのか？」

私の様子を見ていた斗真さんが、ぼそりとそんなことを呟いた。

私は目の前のすっかり平らげた空の皿を見て、急に恥ずかしくなる。

「い、いえ！　ちゃんと賃貸のマンションに住んでますよ。今はちょっと事情があって、部屋が使えなくて……」

(ストーカーから逃げてる、なんてここでは言えない)

「あ、あと。こちらのお料理があまりに美味しくて……っ」

焦りながら説明する私を、彼は訝しげに見ている。

「……へえ、そうなのか」

そしてどうでもいいふうに答えると、口元を拭って、お料理が半分も残っている状態で席を立つ。

「もう行っちゃうの？」

絵茉ちゃんが寂しそうに見上げるけれど、斗真さんは携帯に入った連絡のほうに気を取られている。

「悪いが今夜はかまってやれない」

冷静な口調でそう告げると、真剣な表情でリビングを去ってしまった。

「……寂しいな」

涙目になる絵茉ちゃんをおハルさんが励まして、気分転換に車椅子でお庭の散歩をしてもらえないかとお手伝いさんに伝えた。

(絵茉ちゃん、お友達とかいないのかな。広いとはいえ、ずっとお屋敷の中でしか暮らせないのは寂しいよね)

この環境では、あの完璧に格好いいお兄さんに依存してしまうのもわかる気がする。

（うーん……私がお話し相手になってもいいけど、きっと私じゃダメなんだろうな）

とりあえずでしゃばったことをするのはやめて、私は丁寧にご馳走様を言い、おハルさんと絵茉ちゃんにも挨拶をして部屋に戻った。


食事を終えた私は、ほろ酔い気分で自室に戻った。

自室だと疑いもせずにドアを開けると中は真っ暗で、どこに何があるのかわからない。

（電気ってどこでつけるんだっけ？）

暗闇の中で手探りしていると、不意に人の気配がして背筋が凍った。

「だ、誰かいるんですか？」

その問いに答えるように、卓上の淡い電気がついた。途端、斗真さんの顔が浮かび上がる。

「斗真さん!?　な、なんで……」

「それはこっちのセリフなんだけど」

彼はベッドから起き上がると、はあとため息をついてこちらに歩み寄ってきた。

「初日から夜這いでもするつもりか？」

「は？」

「趣味じゃないが灯りを消せばいけるかも」

「な……っ、何言ってるんですか！」

（失礼すぎる）

本気で怒りそうになったけれど、酔っ払いの戯言かと心を落ち着ける。

(ていうか、そもそもここは私の部屋で……)

「って、あれ？」

(もしかして私が部屋を間違ってる⁉)

その可能性を感じてヒヤリとした。

暗がりに慣れてきた目で辺りを見回すと、そこは壁一面の本棚だ。明らかにさっき案内された部屋と違う。

(やってしまった)

会って早々の男性の部屋に入りこんでしまった。

(で、でも確かに二階の奥の……)

「あんたに割り当てられた部屋、隣の部屋だろ」

「っ、ああっ！」

(ドアの形が同じだから、ぼんやりして間違っちゃったのか！)

明らかに私のうっかりが出てしまったのだとわかり、一気に焦る。

「すみません、お部屋を間違えました！」

「ノックもなく唐突に不審者が入ってきたら、あんたならどう思う？」

「どうって……」

(気持ち悪い、っていうか……怒るのは当然、だよね)

とは思うけれど、斗真さんのただならぬ様子に私は全身が完全にこわばって動けない。

「怒って当然と思います」

「正解。出てってくれる？」

「あ……」

（出ていけって言いたいのね。それならそうと言ってくれたらいいのに）

回りくどいし、意地悪だ。

「し、失礼しま……ぶっ」

慌てて押したドアがビクともせず、思いっきり鼻先をぶつけてしまった。

（うう、格好悪い）

自分が悪いとはわかっているけれど、どこか素直な気持ちになれない。私は斗真さんの目を見ないまま部屋から出ようとした。するとグッと肩を掴まれ、唐突に彼の顔が近づいた。

（えっ？）

「胡々菜」

「っ⁉」

唐突に名前を呼ばれ、心臓がドクリと大きく脈打つ。

「……って名前で合ってるか？」

「あ、合ってます」

（か、顔が近い）

「苛立ちがおさまった。一応礼を言う」

「？　はあ……」

（私、何もしてないんだけど）

警戒して身を縮めていると、斗真さんは肩に置いていた手を離し、私の腰を抱いて自分のほうへと引き寄せる。

（っ、何？）

驚きのあまり目を閉じると、後ろでガチャリとドアの開く音がした。

「……このドア、手前に開くようになってる」

「あ、ああ……」

ドアを大きく開けると、彼は私を軽く押して廊下に出した。

「面白い隣人ができた。おやすみ」

彼はドアを閉める前、そんなことを言って口元を緩めた。

「おやすみ……なさい」

閉じられたドアの前で私は一瞬ぽかんとしたけれど、そのあと猛烈に心臓がバクバクし始めて、経験したことのない鼓動の激しさに驚いた。

（な、何これ……あとからきた。驚きすぎてフリーズしてたみたい）

「……と、とりあえず部屋に戻ろう」

よろめきながら今度こそ間違いないさっき案内された部屋に入り、そのまま逃げるようにベッドに飛びこんだ。

なぜか、今、大学受験以来の鼓動の速さを感じている。

斗真さんの声と、肩を掴まれた手の感触がまだ生々しく残っている。なのに、そんなに嫌な感じはしていない。

（男性に触れたこと、ほとんどないのに……まさかおハルさんが言ってたみたいに、相性がいい？いやいや……恋人とか、そんな簡単になれるものじゃないよ）

首を振りながら、自分の動揺っぷりに困惑する。

今日一日で起きた目まぐるしい展開に、心がいつになく荒れているのは確かだ。

どちらにしろ、斗真さんとの出会いは、私に相当なインパクトを与えたみたいだった。


そのインパクトがさらに大きくなったのは、一週間ほど経ったある日。

会社帰りのことだった。

その日は梅雨の再来のように雨が多くて、強い湿気の中、急いで帰ろうと傘を深くさして足早に歩いていた。

ストーカー問題のほうはまだ完全な解決には至っていない。管理人さんから、不審な男性がドアの前にプレゼントらしい花などを置きにきていると連絡が入ったのだ。

理由を話してその花を処分してもらい、私はいよいよマンションには戻れないことを悟った。

（いつまでもこんな状態を続けているわけにはいかない。でも、どうしたらいいんだろう……）

解約手続きはオンライン上でできるらしいし、理由があれば部屋の中のものも業者経由で引き払ってもらえるのもわかった。

ただ、新規で借りる場所を見つけても、引っ越し先を知られたら意味がない。

おハルさんに相談した結果、相手のしつこさを考えると、すぐに行動は起こさないほうがいいということになり、桐生家にもうしばらくお世話になることになった。

(警察に訴えるにしても、別に危害を加えられたわけじゃないからなんとも言えないし……困った)

パシャパシャと水飛沫《みずしぶき》が上がる足元を見つめながら、今後の身の振り方を真剣に考える。

そのとき、私の横に車がスッと止まった。

知らないふりで足を進めると、車はゆっくりとついてくる。

(え、やだ。何？)

まさかストーカーの彼が車で追ってきているのかと想像すると寒気が走った。走って逃げたかったけど、雨が強くて体が思うように動かない。

「どっか、入れるお店……」

周囲を探すけれど、都合よく逃げこめそうなお店が近くに見当たらない。

コンビニももう少し先まで歩かないとない。

(どうしよう)

携帯を握りしめ、いざとなったらおハルさんに電話しようと構えていると——

「胡々菜、なんで逃げる？」

下ろされたウィンドウから聞き覚えのある声が響いた。

(この声は……)

そろりと車の中に目をやると、怪訝な表情の斗真さんが運転席から私を見上げていた。初日からしばらく会っていなかったけれど、彼の冷静な顔を見たらなぜか心が落ち着いた。

「……家まで送ってやるよ。乗れば？」

ぶっきらぼうな口調だったけれど、私が濡れているのを見ていられないという感じがした。

その優しさに不覚にも心がほろりと絆される。

「でも……」

「この雨、これからもっと強くなるみたいだし。とにかく乗ったほうがいい」

「あ、ありがとうございます」

私は体に付着した水滴をできるだけ払って傘を素早く折りたたむと、開いたドアから助手席へ滑りこんだ。

「斗真さん、今日はお休みですか？」

「手術明けで睡眠不足だから、一回ホテルに戻るところだ」

「そうですか」

高級そうな革の座席が濡れてしまうのは必須で、やっぱり申し訳ないという感覚が込み上げる。

「すみません、立派な車を汚してしまって」

「嫌なら最初から乗せない」

温度のない声でそう言うと、斗真さんは私にタオルを手渡してから車を走らせた。

「そのタオル、買ったばかりのやつだから。気にせず使って」

「あ、そうなんですか。ありがとうございます」

ふわふわのタオルは握っているだけであったかい感じがして、やっと緊張の糸が少し解けた。

濡れた髪や顔、首筋を拭くと、少しだけ体温が戻ったような感じがする。

(驚いたけど、通りかかったのが斗真さんでよかった)

なぜそう思ったのかわからない。

言葉はぶっきらぼうだし、決してわかりやすい優しさは見せない人だ。でも、なんとなく……信頼できる人なんじゃないか、って直感的な部分で思っていて。

だからこそ、それほど抵抗感もなく車に乗ることもできた。

「……さっき」

しばらく無言で運転していた斗真さんが、口を開いた。

「なんで、あんな血相変えて逃げようとしてた？　何度か窓からノックしたり、軽くクラクションも鳴らしたんだが」

「あ……」

無言で近づいたのではなかった。雨の音が邪魔していたとはいえ、私はストーカーの彼が来たと思って頭が真っ白だったのだ。

「姉貴は言わないけど、うちに今いるのもなんか理由があるんだろ？」

「え、ええ……まあ」

（そうだよね。なんだかわからないまま長期で滞在してしまってるもんね）

マンションは怪しまれないように契約をもう少し続けることにしたものの、鍵アカウントにしているSNSはしっかりマークされてるし、携帯の番号を変えてもなぜかバレて非通知で無言電話がかかってきたりする。

もしかすると私があのお屋敷に出入りしているのも知られているかもしれない。

（なるべく人目のないところに行かないようにはしてるけど、やっぱりまだ安心できない）

見えない相手について あれこれ考える生活は、とても精神がすり減る。

（もう少しお世話になりそうだし……斗真さんには伝えたほうがいいかな）

そう思い、私はマンションに居られなくなった経緯と、おハルさんの厚意で滞在させてもらっていることを説明した。すると、彼は飄々とした顔を曇らせて言った。

「なるほどな。それは怖い体験をしたな。というか、まだ続いてるのか？」

「そ、そうなんですよ！　いつ終わるかわかんなくて……」

今まで不安だった気持ちが一気に吹き出し、口から言葉が溢れた。

「こ、殺されるかもとか……本当に生きた心地がしなくて。でも、警察に行くっていう決心もつかなくて……どうしたらいいか――」

言葉の途中でショートメッセージの着信音が鳴り、その冒頭の文言で戦慄が走る。

「ひ……」

「何？」

「い、今、話していた人です」

それは『逃げたの？』という書き出しで始まっていた。

私がマンションを出たことは知ってる、一度だけでいいから会いたいという内容だった。

（やだやだ、会うなんて絶対無理！）

文字を見つめながら固まっていると、斗真さんは黙って路肩に車を止めた。

「大丈夫か？」

「だ、だめ……」

震えている最中、今度は非通知で着信音が鳴り響く。

「うわっ！」

思わずスマホを手から離してしまった。

慌てて拾い上げるも、着信音は途切れなく鳴り続ける。

「その電話、やつなの？」

「はい」

「俺が出るよ」

斗真さんは私の手からスマホを奪うと、迷いなく通話ボタンをタップした。

「もしもし」

（男の人が出たら驚いて切ってくれるかな）

そう期待したけれど、相手はすぐに切ったりはしなかった。

『彼女を出せ。僕は彼女にしか用はないんだ』

相手の声が大きくなり、こちらにももれ聞こえてくる。

その脅しには一切乗らず、斗真さんは冷静に切り返した。

「悪いが今後一切、彼女の声は聞けないと思っとけ」

（っ、斗真さん？）

『何言ってる？　彼女は僕とつき合って――』

「お前、自覚ないのか。どれだけ卑怯なことをしてるか」

『っ！　あいつが避けてるから、こうなったんだろ！　僕は悪くない！　大体、最初っから彼女はな……』

斗真さんは怪訝な顔で向こうの言い分を聞いていたけれど――

「言いたいことはそれだけか？」

ピシャリと言い切ったあと、さらにドスを効かせた低音ボイスで脅すように言った。

「俺のものに何かあったら、お前を社会的に抹殺する」

（お、俺のもの？）

驚きで目を見開いている間に、斗真さんは通話を切って何事もなかったように私を見る。

「これで胡々菜にはもう関わってこないだろ」

私にスマホを戻しながらそう言った斗真さんには、今〝俺のもの〟と言ったような熱があるようには見えない。ストーカー撃退のためにあえてそういう言い方になったのだろうか。

「今のって脅しですよね。逆上してこないですかね」

「声を聞いたが、小心者の典型だった。新しい男が厄介な相手なら自分のリスクが高くなる。あの感じだと、多分近日中にターゲットを変える」

（軽く言ってくれるけど。あの人のしつこさを知らないから……）

私がまだ警戒心を解いてないのをどう捉えたのか、斗真さんは無表情を崩して小さく笑った。

「そんな思いしてまで結婚したいわけ？」

「そ、そうじゃないですよ！　プロフィールだけ見たら会うくらいはいいのかなって思ったから……」

「……そのプロフィール見せて」

「え？」

「今後危険がないとも言えないし。俺も顔を知っといたほうがいいだろ」

（ああ、そうか）

納得して写メしておいた彼の顔写真付きプロフィールを見せた。正直今は顔を見るのも嫌だったから、すぐに画面を伏せてスマホを渡す。すると斗真さんは画面に目を向けた途端、眉間に皺を寄せて視線を上げた。

「こんなのと会おうと思ったわけ？」

「こんなの……って、酷いですね」

「こんなのだろ？　ストーカーになって、あんたを困らせてる」

「それは、そうですけど」

(写真やプロフィールだけでどういう人か、ってわかるものなんだろうか)

「まあ……どんな男に追われてるのかはわかった」

「あ、はい」

斗真さんは私にスマホを戻して、髪をくしゃっとかき上げた。

(イライラしてる？)

「……」

車は停車したままで、斗真さんはじっとフロントガラスの向こうに打ちつける雨を眺めている。

そっと表情を窺うと、彼は今度は鋭い視線で私を見つめていた。

(何を考えてるの？)

「……なんでしょうか？」

「ずっと震えてるから。先に体を温めたほうがいいんじゃないかと思って」

「いえ、大丈夫です。お屋敷に着けば、すぐ着替えられ……」

そう言いかけたとき、スマホからポンッとメッセージの受信音がした。

「ひっ！」

演技でもなんでもなく、私はホラー映画でも観たときみたいに驚いてしまった。

そろりと画面に目をやると、実家の母からだった。

「お母さんだ」

一時的にマンションを出て友人宅にいると報告したから、何かあったのかという問いかけのメッセージだった。

（ごめん、お母さん。あとで返事する）

簡単にメッセージを返すと、もう音が鳴らないように機内モードに切り替えた。

「大丈夫なのか？」

「はい。私の母、ちょっと心配性なんです。あとでかけ直せば大丈夫です」

「……そう」

斗真さんは急に興味を失ったよう適当に相槌を打つと、車を発進させた。

「定宿にしてるホテルが目と鼻の先だ。そっちに先に寄る」

「えっ？」

「シャワー浴びて、まずは体を温めろ」

（斗真さんが泊まってるホテルに⁉）

「あ、あの。私なら大丈夫ですよ！」

唐突な申し出に慌てふためいてしまう。

いくら近いからって、斗真さんの借りてるホテルに行くなんて……

「安心しろ。誓って何もしないし、俺はあんたが部屋を使ってる間、ロビーにいるから」

そう告げた斗真さんの声は穏やかで、本当に私を心配してくれているんだと感じた。

改めて自分の濡れた服に触れると、体温がほとんど感じられない。しかも体は言われた通り、小刻みに震えていた。

(恐怖なのか寒さなのか……震えが止まらない)

意識してしまったら急に寒くなり、私は助手席で自分の体を抱きしめるようにして俯いた。


斗真さんが贔屓《ひいき》にしているのは、誰もが名前を知っている有名ホテル『コンステレーションホテル』だった。朝食が最高に美味しいと評判で、一度は宿泊してみたいなと私も憧れていた。

エントランスはお城にでも入ったように煌びやかで、光る大理石の床は歩くたびにヒールの音が上品に響いた。

(一泊するだけでもかなりの値段だと思うけど……優雅な生活なんだなあ)

「胡々菜、エレベーターこっちだ」

「あ、はい」

(さらっと下の名前で私を呼んでるけど……無意識なのかな)

「何ニヤニヤしてんだ」

「いえ、なんでも！」

私は慌ててカバンを持ち直して彼のほうへ走った。

「部屋は二〇階の一番奥。覚えといて」

「はい」

大人しくその言葉に頷き、案内された部屋に足を踏み入れる。

すると、電気がパッと点灯した。

（わ、全部自動なんだ）

降りていたカーテンなども自動で開き、ネオンで輝き始めている夜景が見えた。

「素敵なお部屋ですね」

生活感はないけれど暮らすには十分な設備が整っていて、中央に設置された大きなベッドは寝心地が良さそうだ。

「堪能したければシャワーのあとでくつろげば？　シャワー室はこっち」

「あ、はい」

ぼうっと部屋を見渡している私を置いて、斗真さんは先にバスルームに入っていく。

あとを追うと、そこはシャワー室とバスタブが別々になった広いバスルームだった。

（ここでひと部屋ぶんありそうなほど広い）

化粧室も美しく整理されていて、常に快適な温度と湿度を保っている。

（確かにここなら、わざわざ家に帰る必要ないかって思っちゃうね……）

「シャワーの使い方はボタン一個だから。温度は適温で出てくる。あと、バスタオル、バスローブはこれで……ああ、そうそう。下着はスタッフに用意させるが、上の服は俺が選んでいいか？」

「はい？」

ホテル内にブティックがあり、そこで着替え用の服を買ってくれるということらしい。

「あの、今着てるのを乾かしていただければそれで……」

「せっかく綺麗にした体に、それをまた身につけるのは気分悪いだろ」

「それはそうなんですけど」

(とはいえ、非常事態だし)

まだモゴモゴとしている私に呆れたように、斗真さんは手にしていたバスタオルとバスローブを私の手に持たせた。

「とにかくここは俺に任せてもらう。服の趣味が合わなかったらフロントに電話して」

そう言った彼は、部屋を出ていきかけて振り返った。

「そういえば、胡々菜が住んでたマンションはどうなってる?」

(え、どうして急にマンションの話?)

とは思ったけれど、斗真さんの口調は真剣だった。

「賃貸なら、もう解約したんだろ?」

「ええと……それが。オンラインで解約できるんですけど、すぐに引っ越すのも危険かなと思って……まだ……」

「早く解約しろ。退去を依頼する代行業者はピックアップしといてやる」

「えっ!　そのくらい自分でやりますよ」

こればっかりは本気で断ろうと首を振ったけれど、斗真さんは怖い顔をして私を見た。

「相手が怯んでる今が引っ越しのタイミングだ」

「あ……」

(そうか、さっき電話で脅したばっかりだから)

「胡々菜の気配はなるべく消しておいたほうがいい。今うちに住んでることも、可能な限り隠せ」

「は、はい。いろいろ、ありがとうございます」

「自分の家に居候している人間が不審者に追われてると知ったんだ。家族の安全のためにも、危険の種は早く潰したほうがいいだろ」

あくまでも私のためではない、というような口調だった。けれどその理由だけなら、斗真さん自らが動く必要はない。

(家族を守るなら、私をお屋敷から追い出したほうが効率的なのに……)

冷たいようでいて優しい行動を取る彼が、なんだか少し人間らしく見える。

(本当は親切な人なのかも……)

「じゃあ、俺はラウンジに戻る」

表情を変化させる私を不思議そうに見つつ、斗真さんは今度こそ部屋を出ていった。


「はぁ……生き返る」

広々としたシャワールームを独り占めし、私は雨で凍えた体をしっかり温めた。

血が巡ってくると、さっきの車での出来事が思い起こされる。

(本当に助かったな……けど、なんでここまでしてくれるんだろ?)

斗真さんはストーカーの彼に厳しく対応して、私を安心させようとした。

それだけでなく、寒がっているのを見かねてシャワーまで貸してくれて……

(思ったより、いい人……だよね)

少なくとも嫌な感じはしない。

初対面の日は正直、反感を抱いたけれど、今は少し……いいかもって思っている気もする。

(これって、斗真さんに好意を持っちゃってるってことかな)

結婚に憧れはあるけれど、実は私は恋愛の仕方がよくわからない。

数少ないお付き合いは、流されてなんとなく……という感じだったし、キスハグから先のことはほとんどわからない。

自分から異性を好きになるということが極端に少ないせいで、性的な衝動についても今いち実感がない。

(漫画とかでは見るけど、他人事になっちゃうんだよね……ていうかこの年齢で未経験な女って、やっぱり男性からは引かれちゃうのかな)

そんな悩みを持っていた矢先の斗真さんとの出会い。

今までお付き合いしてきたタイプの男性とは明らかに違う。というか、そもそも斗真さんのような職業の人には会ったこともなかった。だからきっと、普通に出会うだけなら最初から対象外だったと思う。

それがおハルさんのおかげで、ご縁が繋がった。

(斗真さんと本物の恋人になれる可能性……少しはあるのかな)

鏡の中の私は緊張なのか期待なのか、顔が熱くなっていて、不安や恐怖はだいぶ薄れていた。

「でも釣り合いの取れない人だし……期待しないでおこう」

私は軽く頭を振って、今考えたことを散らした。


バスルームから出ると、バスケットが置いてあった。

中には新しい下着と斗真さんが選んだであろう新品の服が入っていた。

それはミントグリーンのマキシ丈ワンピースだった。

「可愛い」

自分のために斗真さんがこれを選んだのかと思うと、一気に胸が熱くなってくる。

それは着心地も最高で、シルクのような生地がサラサラと肌を心地よく包んでくれた。

(ホテルで売ってる服だから、きっと高かっただろうな。あとで金額を聞こう)

体も温まって、すっかり元気を取り戻した私は、部屋の隅に設置されたソファに座ってホッと一息ついた。するとたってきたときには気づかなかった彼の日常生活が、部屋の中に見えてくる。

相当に本が好きみたいで、ホテルの部屋なのに本棚が置かれている。しかもそれはすでに収納力をオーバーしていて、溢れたぶんは床に積まれていた。

(仕事の合間の息抜きが読書なのかな)

何気なくデスクまわりに近づくと、何種類もの海外のビール瓶がコレクションのように並んでいた。

(お酒が好きなのかな)

きっと彼にとって必要なものなんだろう。

「余計なことは言わないようにしよう」

身体の熱も落ち着いたので、私は着替えを済ませて斗真さんが待つラウンジへと降りた。

窓際の席で斗真さんは腕を組んだ状態で目を閉じていた。広い肩幅にぴたりとマッチした薄いブルーのストライプシャツが遠目にも爽やかな印象で視界に入る。

近くに寄ると、彫刻のような顔が少しずつはっきりしてきて、急にドキドキしてくる。

(改めて……イケメンだなあ)

「斗真さん」

呼んでみたけれど、彼は目を開けない。

どうやらこの姿勢のまま眠ってしまっているみたいだ。

(ずっと待っててくれたんだもんね……お仕事帰りだったのに、申し訳なかったな)

「あの、斗真さん。お部屋に戻って寝てください。私、タクシーで帰れますから」

「……ん?」

パチリと目を開けると、彼はしばし私を見上げてから、ああと思い出したように呟いて身を起こした。

「震えは止まったみたいだな」

「はい、おかげさまで。あと、この服、ありがとうございます。おいくらでしたか？」

「値段は気にしなくていい」

「いえ！　ここは払わせてください」

私の譲らない意思を感じたのか、彼は好きにしろと笑った。

「まあでも、サイズが合ってたみたいでよかった。それと、マンションを引き払うのに信頼できそうな業者はピックアップできた」

「ありがとうございます！」

「詳細を送りたい。アドレスを教えてもらえるか？」

「もちろんです」

私はバッグから手帳を取り出し、自分のメアドと携帯番号を書いて渡した。

「すみません。本当に助かりました」

「俺は面倒なことは一ミリもやらない主義だ」

彼はメモを受け取り胸ポケットに入れると、ソファから立ち上がって当然のように言った。

「そろそろ行くか。家まで送る」

「えっ？　でも……」

（手術があったって言ってたし、疲れてるはずだよね）

「心配するな」

彼はくすりと笑って私の頭に手を乗せた。

「今、軽く仮眠できたから頭は冴えている」

「ソファでうたた寝しただけじゃないですか！」

（これ以上は迷惑かけられない）

「と、とにかく一人で帰れますから。斗真さんはゆっくり晩酌タイムを……」

「晩酌？　部屋で何か見たか？」

私が他意なく口にした言葉に、斗真さんは怪訝な顔をした。

「あ、ええと……」

（深い意味はなかったんだけど）

「ビール瓶のコレクションを見ました」

「ああ、それでか……」

斗真さんは納得したように頷き、私をじっと見る。

「軽蔑したか」

「軽蔑？　しませんよ。だって……斗真さんが必要だと感じるものなら、きっと必要なんです」

「……へえ」

「実は私の母も昔、夜眠れなくてお酒に頼っていた時期があって。父が大きな病気をして入院していたので、すごく辛かったんだと思います」

（私ってば、何をペラペラと……）

「それで……父親は？」

「私が高校生のときに亡くなりました。でもしっかりお別れもできたので、今、母は父が残したお花屋さんを切り盛りして元気にやってます」

両親を見ていて、強そうに見える人だって、いつ体や心の状態を崩すかわからないのを痛感していた。だから私は、体と同じように心も支えるシステムがもっと大きなものになればいいと思っている。

「そういう経験もあるので、私は世間が言うほどの偏見はないつもりです」

「なるほどな」

「あ、なんだか偉そうにすみません」

「いや」

斗真さんは思いのほか、嫌な顔をしていなくて、脱いでいたジャケットを羽織り直してこちらを振り返った。

「その話はまた別の機会に。とにかく、今夜はあんたを車で送る。ついてきて」

「は、はい」

地下に用意された駐車場まで行くと、ここまで連れてきてくれた斗真さんの車がすでにエンジンのかかった状態で待機していた。

「乗って」

「はい」

再度助手席に乗りこみ、今度こそお屋敷へと向かってもらう。

寒くもなくてほっこりした空気の中でウトウトしていると、不意に斗真さんが呟いた。

「あのストーカー男……あんたが思ってるよりマジだったのかもしれないな」

「え？」

「結婚したいって本気で思っていた可能性もあるんじゃないか？」

そんなバカなと思うけれど、斗真さんは割と真剣な顔で向こうが本気だったんじゃないかという説を解いた。

でも、万が一気に入ってくれていたとしても、私には気持ちが全くないし、やっぱり今の状態はやめてもらわないと困る。それは斗真さんも理解したみたいで、軽く頷いた。

「とはいえ、気のない相手にしつこくされるのは本当に不愉快だからな」

ストーカーとまではいかないけれど、最高のステータスに吸い寄せられて、彼のまわりには常に女性が群がっている状態だという。

「結婚など考えてもなかったが、周囲が静かになるなら、紙切れだけの結婚でも悪くないと最近は思う」

「体裁だけ整えるってことですか？」

「ああ。恋愛は興味ないが、するなら他ですればいい。きっとそのほうがお互い平和だ」

(冷めてるんだな……愛情とかそういうのは必要ないってこと？)

「そんな気持ちで結婚された相手は悲しいです」

「へえ、あんたもやっぱり結婚にロマンスを求めるタイプなんだ」

そのバカにしたような言葉に、私はカッとなった。

「求めますよ！　やっぱり結婚するなら愛がないと」

「愛？」

心底驚いたというように目を見開き、斗真さんは腹を抱えて笑い出した。

そんなに変なことを言ったかと私は狼狽えたけれど、そのうち馬鹿にされている感じがして気分が悪くなってくる。

「何がそんなにおかしいんですか？」

「いや、その単語を口にできるやつが俺の近くにいたとは……そういうのって言葉にした途端、軽薄なものにならないか？」

「軽薄とは思わないです。私の両親は愛は大切なものだと教えてくれました」

「……へえ」

笑うのをやめ、斗真さんは傷ついたように瞼を伏せてハンドルを握った。

「胡々菜は〝愛〟を証明できるの？」

「それは……感覚的なものだと思うので……証明はできないですけど」

「そんなあやふやな状態で、自信たっぷりに言える神経がわからん。無駄にポジティブなんだな」

（うわ、これって嫌みだよね？）

そう思いながらも、斗真さんとそこそこ会話が成り立ったのが初めてだったので、ちょっと不思議な気分になる。

(ひねくれてるのは確かだけど、なんでだろう……嫌な感じはしないんだよね)

そんなことを考えていると、斗真さんは仕切り直すように話を戻した。

「それはそうと、お前のストーカー問題だけど。諦めてもらうなら、新しい恋人を作るのが手っ取り早いだろ」

「うーん、恋人なんてそんな簡単にできるものでもないかなって……」

「なら俺の恋人にしてやる」

「は⁉」

(いけない、思わず本音の声を出してしまった)

かなり大きな声を出してしまったので、斗真さんも軽く目を見開いた。

「勘違いするな、別に本気の恋人になろうってわけじゃない。俺にとってもメリットがあることだから持ちかけてる」

「メリット、ですか?」

「ああ。カモフラージュになるだろ」

(何からカモフラージュしようっていうのかな)

「女性撃退用とか?」

「そんなとこだ。姉貴の知り合いだし、ちょうどいい」

「なるほど……」

(そりゃそうか。恋愛を軽視している人らしい発想だな)

立場を利用することでお互いの日常が平穏になるというなら、なんとなく彼の意図もわかる気がした。

(モテすぎる人の苦悩って私にはわからないけどね)

斗真さんはナイスアイディアだと思っているみたいだ。

「じゃ、そういうことで。今からよろしく」

「ちょ、ちょょっと待ってください」

「何を待てばいい」

「えっと……その……私が相手じゃ、他の女性を撃退するほどの効果がないんじゃないかな、って」

斗真さんは呆れた目でチラリとこちらを見た。

「ポジティブかと思ったが、自己肯定感は低めか」

「そうでもないつもりですが……でも、モテないのは事実ですから」

自分が嫌いなわけではない。でも、自分を客観視していないわけでもない。

特別な美人でもなく、アイドルみたいな可愛さもなく、秀でた特技があるでもなく……そんな自分を冷静に見つめれば、エリートのお医者様に釣り合うなんて自分では到底思えない。

演技をするとしても、不釣り合いなのは想像がつく。

これ、そんなに変な感覚だとは思わないけれど。

「……自分のことってほんと、見えないものなんだな」

ボソリと言った言葉の意味がよくわからず、まじまじと斗真さんの横顔を見る。

「とりあえず、そういう理由なら俺は全然問題ない。別にあんたに整った容姿も明晰な頭脳も求めてない」

「求めているのは何ですか？」

「あえて言うなら、身辺を穏やかにするためのお守り。いや、厄除け？」

「お守りのほうがまだいいです」

（なんだかよくわかんないけど、彼がいいっていうなら……）

体が車の暖房で温められて、眠気が強くなってきた。

（お互いにお守り的存在になる）

この作戦に乗ってしまったのは、やっぱりこのとき思考が半分くらい夢の中みたいになっていたのが原因だと思う。


目が覚めたのは、それから三十分ほど経過した頃だった。

「――な、胡々菜」

「ふえ……」

「着いたぞ、起きろ」

（あれ……私、寝て……？）

目を開けると窓の外に見えていた景色がなくなっていた。

ぼんやりした意識で記憶を巻き戻す。

（お屋敷まで送ってもらって……ああ、ここは駐車場だ）

エンジンは低音のまま最低限の動きをしていて、ライトはすべて消えていた。

「まだ付き合いの浅い男の横で、よくそんなに熟睡できるな」

「す、すみません」

（私が起きるの、待っててくれたのかな）

急いで体勢を整えて、斗真さんにお礼を言った。

「送ってくださって、本当にありがとうございました」

「確認だが」

「？　はい」

「ここに着く前に話したこと、覚えてるか？」

「話したこと。え、ええと……」

記憶をもう一度巻き戻し、斗真さんに提案されたことを思い出した。

「あ、お互いのお守りになる、って話ですか？」

「そうだ」

ふっと笑った彼は、おもむろに顔を近づけた。

すんっと淡い消毒液の匂いが鼻腔をくすぐったかと思えば、顎を軽く押し上げられ――唇が重なった。

「っ⁉」

驚く私にお構いなく、そのままキスは深くなり、呼吸が苦しくなるほど唇が塞がれる。

「ふ……っ」

角度を変えてもう一度重ねられるキスは、これまで一度も感じたことのない官能的なものだった。

体中が痺れて、お腹の底から何か変な欲求が込み上げてきて、私はショックで彼の胸を思いきり叩いて離れた。

「な、何するんですか‼」

呼吸を乱している私を面白そうに見つめ、斗真さんは私の腰に腕を回してシートベルトを外した。

触れた髪がふわっと首を掠め、背中に甘い痺れが走る。

「驚くことじゃないだろ？　恋人なら」

「え、だって、演技でしょう？」

（だいたい、今誰もまわりにいないのに）

私が目を白黒させているのに、斗真さんはいたって冷静に暖房を切り、エンジンをすべて止めた。

「演技でキス、演技で抱き合う、そういうのも恋人らしくする手段のひとつ。慣れて」

当たり前という感じでそう言い、さっきより深いキスが重ねられる。こんな連続のキスは初めてで、私は呼吸できなくなって足をバタバタさせた。

すると一旦唇を離し、斗真さんは息の届く距離で私をじっと見つめた。

「……まさかキスしたことないとか？」

「そ、そんなことないです」

（でも、中学生みたいなキスしか、経験ない……なんて言いたくない）

「……」

少し沈黙したあと、斗真さんは私の鼻先を指で軽くつまんだ。

「長いキスのときは鼻で息をしろ」

「鼻……」

スンスンと鼻で息をしてみて、なるほどと思う。口で呼吸できないのなら、鼻からすればいいということだ。

「お前、教育し甲斐がありそうだな」

「教育って……んっ」

改めてキスで唇を塞がれ、不意に開いた口の隙間から生温かくて柔らかなものが触れた。それが舌先だと理解したのは少しあとで、私は口内に無言で侵入してきたその存在にただ驚く。

「ふ……ん……」

鼻から抜けるように出た声は甘やかすぎて自分のものとは思えず、恥ずかしさに耳まで熱くなった。

（何これ……頭がジンジンする）

ぎゅっと目を閉じると、斗真さんの呼吸と吐息しか感じなくなり、心臓が破裂しそうなほど激しく脈打った。

（し、心臓がもたない）

舌先が絡められたところで全身に感じたことのない電流が走って、私は強引に身を引いた。

「はぁ、はぁ」

走ったわけでもないのに呼吸が乱れて、酸欠のような状態で頭が朦朧とする。

斗真さんも少し息を乱していて、いつもの冷静な彼ではないように見えた。

（これが演技だとは思えないし……慣れるとかもあり得ないよ）

とんでもない約束をしてしまったと思ったけれど、心も体も、なぜかその約束をなかったことにしたいとは思っていない。

「……胡々菜、お前チョロすぎるだろ」

「えっ？」

「この先も期待したよな？」

「――っ」

「はは。やっぱりお前、教育し甲斐がある」

彼は助手席側のドアを開けて私を解放してくれた。

「続きはまた今度」

「～～！」

私は答えが見つからなくなって、真っ赤になりながら首をブンブンと振った。

(こ、こんなの……慣れるわけないよ!)

不意に訪れた初めてのディープなキス。

そのせいで、私は混乱して足元がおぼつかなくなった。

チョロいと言われた言葉を否定できないのが悔しかった。

第二章

（うう、どうしよう）

次の日。

私はいつも通り仕事をしつつも、ランチタイムにどうしようかと悩んでいた。

斗真さんとまさか恋人の演技をする約束をしてしまったことを、おハルさんに言うべきだろうか。

手の中のスマホ画面には、昨夜斗真さんから入ったメッセージが表示されている。

『個人的なやり取りは基本やるつもりはないが、一応繋いでおいたほうが便利だろ』

（一応？　一体、どういうときを指して便利って言ってるんだろう）

とは思ったけれど、私は深く考えずにメッセージアプリを承認した。

そのあとは特になんのやりとりもしてないけれど、スマホ内に彼と繋がれる場所ができたというのは結構大きな変化だった。

（案外律儀だし、親切なんだよね……）

何も言わなくても、おハルさんにはお屋敷での行動の変化や何やらで勘づかれる気がする。

ただ演技するだけならまだしも、キスとか、それ以上のことも含めてとなると、もうそれは恋人といってもいいのではないかと私は思う。

（ていうか、普通にそれは恋人じゃないとできない行為でしょ！）

斗真さんがどうなのかはわからないけれど、少なくとも私は生理的に嫌な人だったらキスだって絶対に無理だ。だから、車での出来事はショックだったのだ。

ちゃんと付き合っていない、お互い好きだと確認していない相手とキスしたのに、嫌じゃなかった。

それどころか、嬉しい、心地いいって感覚もあって……

（わあ、思い出すとまた体が変な感じになってくる……っ）

慌ててイメージをパパッと消す仕草をして、やりかけで止まっている資料の仕上げを急ぐ。

いつもは積極的な気持ちでやれないときもある仕事だけど、今はちょっとした心のエスケープにもなったりしてありがたい。

「月野さん、それオッケー出たら印刷もお願いね」

「わかりました」

しっかりと返事をし、私はランチタイムまでこのことを考えるのはやめようと決意した。

「で、ココちゃん。斗真と何があったの？」

「ふえっ？」

何も言わない前から、おハルさんから鋭い質問をされて変な声を出してしまった。

驚いた反動で膝の上に敷いたハンカチにサンドイッチが落ちるのを見て、彼女は口元を緩める。

「やっぱりかあ」

「や、やっぱりって？」

「ココちゃん、斗真の好みだと思ったのよねえ。なんかあの子のまわりを取り巻いてるギラギラの女性にはない素朴さがいいっていうか。ちょっと抜けてて癒し系なのよね」

（それって褒められてるんでしょうか）

微妙な気持ちになりつつも、おハルさんが私と斗真さんの間に恋愛めいた動きがあったことを察しているのは明らかだと確信する。

「あの、実はちょっと斗真さんとお約束したことはあるんですけど。決して彼が私を好きになったとか、そういうのではないんです」

「どういうこと？」

「んー……お守り的存在になるとお互いに助かるという条件が合致したので……」

そこまで言うと、おハルさんはプッと吹き出した。

「斗真がそう言ったの？　お守りって？」

「はい。私がストーカーの話をしたら、自分も同じ感じで困ってるから……お守り的存在として……しばらく過ごそうかと……」

「ほお、へえ、ふーん」

おハルさんはからかうように感心した声を上げ、ニヤニヤとこっちを見る。

その含みある感じに、私は耐えられなくなった。

「もう、なんなんですか！　本当に斗真さんとはそういうんじゃないんですってば」

「そういうって？」

「将来がどうこうとか、付き合って愛し合うとか……そういうんじゃないってことです」

「あのひねくれが、そんなこと口にするわけないわよ」

「で、でも。斗真さんとは、まだ会って数日ですよ？」

（玄関で挨拶して、部屋を間違えて、ちょっとアクシデントがあった。それくらい）

恋するなら、もう少しいろんな話をして人となりを理解してとか……あるでしょうと思ってしまう。でも、おハルさんは違うらしかった。

「人を好きになる時って、時間も条件も必要ないときない？」

いつになく熱い空気を漂わせながら、おハルさんは私のほうへ身を乗り出した。

自分の恋愛は一切語らないおハルさんの確信めいた言い方が気になる。

「おハルさんはそういうとき、あったんですか？」

「そうねえ、そりゃあ私にだって恋のひとつやふたつあるわよ」

「えっ、聞きたい！」

身を乗り出すと、おハルさんはちょっと照れた顔で微笑む。

その表情はまさに恋する乙女という感じで、現在進行形の恋愛なのかなと感じた。

「会社の人ですか？」

「まさか！」

目を見開いて全力で否定したあと、ちょっと切なげに眉を下げる。

「まあ……その人と結ばれることは叶わないって諦めてるから」

「どうして、ですか？」

「いろいろ事情がね……って、もう！　私のことはいいのよ！　ココちゃんと斗真の話でしょう？　斗真って、普段からほぼ直感で生きてるところあるから。人を好きになるのも、インスピレーションで感じとるタイプだと思うわ。時間は関係ないのよ」

力説されると、そういうこともあるのかなとは思う。

「斗真さんをよくご存知なんですね」

「弟だもの」

「それはそうでしょうけど」

（言葉少ない斗真さんの心の隅まで読んでいるような……）

それだけ弟思いのお姉さんということだろう。

「とにかく、おハルさんがいくらそう言ってくださっても、今は契約しているだけなので……」

「うん、わかった」

（もう、全然私の話に納得してない～）

どんなに焚きつけられても、あの有能でイケメンで非の打ちどころのない男性が、私をインスピレーションでいいと思うなんて、やっぱり考えづらい。

モテすぎの弊害ではないだろうか。

毎日フルコースの料理を食べていたら、たまにふりかけで白飯が食べたくなるみたいな。

（あ、こういうのもまた自己評価を下げてるって思われちゃうのかな）

そういうつもりはないけれど、自分を高く評価するってどこか傲慢な感じがして。どうしても周囲よりは少し劣っていると考えるほうが安心する。

本当は、声に出さずとも自分で自分を素敵だなって思えたらいいなとは思っているけれど。

（どうしたらそんなふうになれるのか、わからないから辛い）

なんとなく喉を通らなくなって、私は食べかけのサンドイッチを包み直してバッグに入れた。

ポットに入れてきた紅茶を飲みながら、とりあえず斗真さんとは恋人っぽい空気を漂わせてしまうかもしれないと告げた。

「もちろん私はいいけど、絵茉にはちょっと手を焼くかも」

「あーそうですよね」

絵茉ちゃんは私のことはもう女性だというだけで気に入らないみたいだ。でも斗真さんは絵茉ちゃんのことをよく理解しているし、きっと彼女に悟られるようなことは極力しないんじゃないかなと思っている。

「そうねえ……もしココちゃんさえよければ、絵茉とちょっと仲よくなってもらえると嬉しいな」

「もちろん、そうしたいですけど」

（絵茉ちゃんには警戒されてるからなあ）

繊細で内気で、人を怖がっていて、外に出るのに抵抗がある絵茉ちゃん。

おハルさんが彼女を心配してしまうのもわかるから、できることがあれば協力したいとは思っていた。

するとおハルさんは、私にお作法を教えてみてくれないかと提案した。

「ココちゃん、確かお茶とお花を習ってたって言ってたわよね」

「二十歳まで習ってましたけど。でも、とても人に教えられるほどでは……」

嗜《たしな》みのひとつだということで、母から勧められて習っていたものだけれど。結局仕事の忙しさに追われ、最近ではめっきりお茶を点《た》てるなんてこともなくなっていた。

「いいのよ、本格的でなくても。座ったままでもできることがあるんだって、いろいろ教えてあげたいのよね。楽しみが増えて少しでも外に目が向けば、斗真への依存も薄くなるかもしれないし……」

「なるほど……」

お世話になってる、おハルさんの頼みだし。絵茉ちゃんにイキイキしてほしいのは私も同じだ。

「私でよければ、ぜひ」

こうして私は、絵茉ちゃんに生花と茶道をできる範囲で教えることとなったることとなった。

(よし、じゃあ帰りに茶せんと抹茶粉を買って帰るかな……)

どの辺にお店があるかなと調べていると、おハルさんがそれを楽しげに見つめながら言う。

「にしても、斗真がココちゃんのボディガードになってくれるなんてね。安心したわ」

「安心？」

「ココちゃんのこともそうだし、斗真がどんどん家に寄りつかなくなったのも心配だったの。だから、二人に接点ができてよかったと思って」

おハルさんはお弁当箱を片付けると、午後イチの会議があるとかで急いでオフィスへ戻っていった。

(おハルさんの恋バナ、もっと聞きたかったなあ)

「にしても……桐生家には、まだ謎があるなあ」

残された私はもうしばらく紅茶を飲みつつ、ふと家族というものに想いを馳せた。

(お母さん無理してないかな)

「しばらく帰ってないし……って、あれ？」

心配になって母からもらったオーバルのロケットを触ろうとして焦った。首元にいつもあったその存在が指に触れないのだ。

「いつからない？」

直近でつけていた記憶を必死にたどる。

斗真さんと夕方に会った日からペンダントを触った記憶がなかった。

「……どうしよう」

そのペンダントには、父が元気だった頃、三人で撮影した写真を小さくして入れてあるのだ。これは家族の宝物で、代えの効かないものだ。

(車に乗るまでの道のりか、車の中か、ホテルで落としたのかもしれない)

「落ちこんでられない。捜さないと！」

私は自分の頬をペチペチと叩き、意識を新たにした。


その日の仕事帰り。

私はいつも通る道を凝視しながら歩き、さらにはコンステレーションホテルまで行ってフロントで落とし物を尋ねたりした。

落とし物の届けはあるけれど、ロケットペンダントというのはない様子だった。

「お手数をおかけしました」

お礼を言ってホテルを去ると、私はいよいよ斗真さんに聞くしかないという選択肢に迫られた。

昨日の今日で連絡するのは恥ずかしいけれど、失くしものは早く捜したほうがいいに決まっている。

（大事なものだし……ちゃんと聞かなくちゃ）

いきなり電話をするのは迷惑かと思い、メッセージで事情を伝えた。すると、『部屋にも車にもそういうのはなかった』とだけ返ってきた。

（もう少し親身になってくれてもいいのに……）

とは思ったけれど、忙しい斗真さんにこれ以上何か言うのも気が引けた。

「……はぁ、どうしよう」

（家族の貴重な思い出なのに……）

後悔してもしきれない思いが膨らむけれど、どうしようもない。

斗真さんがもう少し真剣に捜してくれることを期待したいけれど、それは望み薄だろう。忙しい人だし、何かに紛れてしまったとしたら見つけるのは至難の業だ。

(斗真さんと次に会えたら、可能ならホテルの部屋と車の中を捜させてもらおう)


とはいえ、彼は一向にお屋敷に帰ってくる気配がなかった。

本気の恋人ではないものの、それらしく振る舞う約束だ。一体どんな生活になるのかと緊張していたが、その心配は無用だった。

本当にぜんっぜんお屋敷には帰ってこないのだ。

(あの約束をしてから軽く二週間は経ってる……もう斗真さんの顔もおぼろげになってきたよ)

それでも一応何かあったら困るということで、斗真さんはわざわざ私に送り迎えの車をつけてくれた。

(そこまでは必要ないって言ったんだけどなあ)

かなり強引な感じに押し切られ、翌日には運転手さんがお屋敷の玄関先まで迎えにきていた。

そんなわけで今、朝は会社に一番近いバス停付近まで運転手さんに車で送ってもらっている。

「ココちゃんだけがお抱え運転手をつけるとなると絵茉が怪しむから、出勤時は私も一緒に同乗させてね」

一緒に後部座席へ乗りこみながら、おハルさんが申し訳なさそうに言う。

「もちろんですよ。むしろおハルさんがいてくれないと困ります」

「ならよかった。私もココちゃんと出勤できて嬉しいわ」

会社で浮いた存在にならないよう、今まで車での往復は避けていたらしい。

「私も嬉しいです。帰りは別々の可能性が高いですけど、ご一緒できるときはぜひ」

「そうね、ありがとう」

おハルさんは優雅に足を組み、発信する車の中でスマホを確認し始めた。すると、画面をスクロールしていた手を止めて小さく〝あ〟と声を発した。

「どうしました？」

「……斗真が年間契約してるホテルが大掛かりな改築に入るみたい。新装開店は二年後になりそうよ」

どうやらあのホテルは斗真さんにとってかなり特別らしい。

「このホテルは病院に近いっていうのもあるけど、十年くらい前からずっと利用してて、ほとんど彼の家みたいなものなのよ」

食事、洗濯、室内のメイク、すべて斗真さんの好みに合わせていたらしく、それでお屋敷にいるより快適になって帰ってこなくなったとか。

「他のホテルじゃ居心地悪いって言って、きっと帰ってくるわ」

「そう、なんですかね」

（本当にそうなら、お互いの近況なんか話せたらいいな）

自宅に戻ると、絵茉ちゃんが熱心にテーブルに向かってお茶を点《た》てる練習をしていた。

「あ、また手首だけでやっちゃった。やり直し！」

私が教えた通り、点《た》てるときの体の使い方を何度も確認している。

（ふふ、すごく熱心だし楽しそう）

先日からお花とお茶の両方を少しずつ教えているけれど、どちらかというとお茶のほうに興味を持ってくれたようだ。

「絵茉ちゃん」

驚かさないように小声で声をかけると、彼女はふっと顔を上げて微笑んだ。

「ココさん！　見て見て、泡がすごく綺麗になってきたの」

「どれどれ……わ、本当だ。お抹茶の香りもいいね」

心から褒めると、絵茉ちゃんは照れたように笑う。その笑顔は高校生らしくてとても可愛い。

最近はだいぶ打ち解けてくれたようで、こういうやり取りができてとても嬉しい。

（お茶に絞って練習したほうが集中できそう）

「お花は私が生けちゃっていい？」

「うん、いいよ。ココさんって、絶対お花の仕事が向いてるよね」

「そうかな」

「そうだよ。ココさんが生ける花って、私が生けるのより何倍も長持ちしてるもの。相当にお花が好きなんだな～って思った」

（そっか……まわりからはそんなに花好きに見えてるのか。実家が花屋だからっていうのもあるけど、確かに花に対する思いは普通の人よりずっと強いのかもしれない）

思いがけず絵茉ちゃんから深いところを見抜かれた感じがして、私は買ってきたお花をいつもよりさらに丁寧に生けたのだった。


数日して、おハルさんが言った通り、斗真さんはフラリとお屋敷に帰ってきた。

「斗真様、お帰りなさいませ」

「ああ。今日からしばらくここから病院に通う。食事の用意を頼む」

「かしこまりました」

田嶋さんに食事のことを告げ、階段に足をかけたところでリビングにいる私と目が合った。

「お、おかえりなさい」

少し大きめの声で挨拶すると、彼はスッと視線を外して階段を上っていってしまった。

（あれ？　今、目が合ったよね？　無視……された？）

どことなく冷たい視線だった気がして、理由のわからない不安が胸に広がる。

（疲れてるのかも。あとで理由が聞けたらいいな）

そう思ったけれど、斗真さんは夕飯時にも私と言葉を交わそうとしなかった。

（目も合わさないなんて寂しすぎる。何か一言だけでも……会話したい）

よし、と決意してソファでくつろぐ彼に声をかけた。

「あの、斗真さん」

「ん」

「新しいホテルって探してるんですか？」

「考え中だ」

短くそれだけ言って、すぐに自分の部屋に戻ってしまった。

明らかに避けられている……そんな態度だ。

（あれ、確か、演技とはいえ、恋人としてふるまうってを約束したよね？）

勘違いだったかなと思うほど、存在を無視されているような感じがしてしょうがない。

斗真さんの姿が見られるようになったのは嬉しいけれど、こちらから接点を持つのは難しいなあと感じる。

（絵茉ちゃんがいるから、わざとこういう態度なのかな）

それなら仕方ないかと部屋に戻るも、特に訪ねてくるわけでもない。

「ていうか、私、何を期待してるんだろう」

そうだ。斗真さんの立場や性格を考えてみると、必要もないのにベタベタするタイプじゃないだろう。車でのキスは、たまたまそういうシチュエーションがあったからであって、自分からそういう空気を作るような人ではないのかもしれない。

（インスピレーションで動く人……か）

おハルさんの言っていた意味がなんとなくわかった。

普段は仕事で脳も体もフル稼働させているのだろうし、他の人間に対して気を遣う余裕なんかないんだろう。

「そうすると、私からアプローチしないと何も起こらないってこと？」

何か起こってほしいというわけでもないけれど、こんなに無言っていうのは寂しい。

体裁だけの恋人だって、会話する時間くらいは欲しい。

(こんなふうに思うってことは、やっぱり私、斗真さんをいいと思ってるんだろうな)

「一応どういうつもりなのか確かめてみよう」

気を遣っているだけなのは疲れると思い、私は勇気を振り絞って斗真さんにこの関係について尋ねてみることにした。


コンコンコン――

(……返事がない)

誰もいないのかと思い、そろりとドアを開けて部屋の中を覗いてみる。

デスクライトだけがついていて、斗真さんはいなかった。

(どこ行ったんだろ？)

「また夜這いか？」

「ひえっ」

耳元で声をかけられ、飛び上がらんばかりに驚いて後ろを振り返った。

「と、斗真さん!!」

「俺に何か用か？」

「それは……斗真さんとちょっとお話がしたくて……」

「話……ねえ」

シャワーを浴びたあとのようで、斗真さんは濡れた髪をタオルで拭きながら私をまじまじと見下ろした。

（すごく冷たい視線……どうして？）

「とにかく、ここに立ってられると邪魔だから。入ったら」

「し、失礼、します」

ギクシャクしながら部屋に入ると、彼はベッドに腰掛けて改めて私を見上げた。

「で、話って？」

「……お守りの話なんですが、あれってまだ続いてるんですか」

「もちろん継続中だが。何かあったのか？」

「いえ、何かあったわけじゃないのですが。今日の斗真さん、目も合わせてくれないので……気になって」

（本当の恋人じゃない人に、私は何を求めてるんだろう）

どこかで、この前一緒に話したときの雰囲気をずっと維持していくんだと期待している自分がいた。

「気の向いたときにそれっぽい感じになってればいいんだけどな？　毎日相手がどこにいて何してるかなんて考えるのも面倒だろ」

皮肉げに笑うと、彼は私をじいっと見つめてくる。

(それって……斗真さんの気分次第ってことじゃない)

とても平等な関係とはいえない。

いくら表面上とはいえ、この雰囲気では約束を継続させられそうにない。

「私はもう少し温かい関係を想像してたので……勘違いしてたみたいです」

(私は斗真さんの人形じゃない)

「何が言いたいんだ？」

「お守りのお約束……解消させてください」

言い切ると、彼は少し真剣な表情になって私の手を引いた。

体勢が傾いて彼の腕に抱かれる格好になる。

「何する……んですか？」

「逃げる気か？」

「逃げ……とかじゃないですよ。斗真さんが私に興味がないなら……こんなの続けてたって無意味……」

「興味がないわけじゃない」

かぶせ気味にそう言った彼の声は真剣で、瞳はわずかに動揺しているように揺れていた。

「でも、会話もなくて、連絡もなくて……私、いる意味がわかんないです」

「何を求めてる？」

「ですから、たまには会話が欲しいっていうか。せめて無視はしないでほしいっていうか……」

「……」

斗真さんは私を見つめたまま一瞬沈黙したあと、ふっと笑った。

「そうか……気づかなかった」

「っ！」

身を引くより早く手首を掴まれ、腕を引かれた途端、あっさり彼の腕の中に閉じこめられる。

（わ……何か誤解されてる？）

「斗真さん！　待って、違いますよ」

「何が」

「別に抱きしめてほしいとか、そういうんじゃなくて……」

「嫌か？」

「っ」

（そう聞かれると、嫌では……ない、かな）

大人しく彼の腕に抱かれてみると、不思議なほどの安心感が胸に広がった。

思った以上に広い胸の中は温かくて、一瞬子ども時代に父の腕に抱きしめられたときを思い出した。

でもそれは本当に一瞬で、ガウン越しに触れている胸板の硬さに体が硬直する。

「下向いてたらキスできない。顔上げて」

「……無理、です」

(ドキドキしすぎて心臓が痛い……これ以上は)

モジモジしていると、ぐいと顎が引き上げられ、強引なキスが落とされる。

「ふ……っ、ん……」

鼻で息を――なんて考える暇もなく、キスは何度も角度を変えて深くなっていく。

唇が燃えるように熱い。

お互いの吐息が混じり合う音と一緒に、私たちはベッドの上に倒れこんだ。

「やだっ、待って……待ってください！」

(手首が痛い……怖い)

「悪い、痛かったか」

私の手を解放し、背中に腕を回してそっと抱きしめ直す。

その仕草にはさっきとは違う優しさがあって、少しホッとした。

(どうしよう、斗真さんどこまで本気なんだろう)

このままとどまるべきか、部屋から出ていくべきか。私は判断できずにいた。

その困惑を察知したのか、斗真さんが一応という感じで尋ねてくる。

「胡々菜はもうここでやめたいと思ってるのか？」

「……どこまでを考えてるんですか？」

「中途半端でやめろっていうなら、かなり無理だ」

（ってことは最後まで……？）

私は首を振って、そこまではまだ覚悟がないことを伝えた。

「覚悟って？」

「き、きっとちゃんとできない……」

（言わないと……）

「私……経験ないんです」

（笑われるかな……初めて、だなんて）

いざ突入してみて〝当然これはわかってるよね〟という態度でこられたら困る。

未経験の私が、流れで高度なコミュニケーションを取ろうとしたら足がつるかもしれない。

（笑われてもいい。がっかりされるより……いいよ）

でも斗真さんは笑わなかった。それどころか、納得したように頷いた。

「だいたい予想はしてた」

「そう、なんですか？」

「ああ、だから心配するな」

低い声でそう言うと、自身が着ていたシャツを大胆に脱ぎ捨てる。そして私の体をグッと自分へ引き寄せ、耳元で囁いた。

「お前は何もしなくていい、感じる顔だけ見せていればいい」

「そんな……」

私の言葉を遮り、斗真さんは深いキスを重ねてきた。

「ん……」

「その声、スイッチが入るだろ」

瞳は燃えているように見え、その視線に捕らえられたら逃げ出せないような危なさを感じた。

（私……大丈夫？）

不安な気持ちは一瞬の間に消えた。

斗真さんの逞しい腕でしっかり後頭部を支えられ、そのまま額に唇が押し当てられる。

（あったかい……）

心地よさに目を閉じると、唇は瞼、鼻筋……頬の順に優しく触れていき、再びキスされた。

「ふ……ぁ」

反射的に開いた口の隙間に生温かな感触が滑りこんだから、驚いて目を開く。

（これって……？）

驚く私を見て、彼は目を合わせて微笑んだ。

「変な感じするか？」

艶のある低い声にぞくりとしながら首を左右に振ると、彼は目を細めて再度唇を合わせてきた。

（私……斗真さんと……）

冷静な思考が薄れる。

目の前の斗真さんが、距離のある人に見えなくなってくる。

ドキドキして、愛おしくて、この人と全部重なりたい……そんな気持ちになっていく。

「胡々菜、舌見せて」

「え……」

私が戸惑うと、彼は自分の舌をべーっと出して見せた。

同じように舌を出してみると、すかさず湿度のある熱を絡められた。

「んぁ……」

逃げようとするとすぐに捉え直され、きゅっと吸われる。

離れてもすぐに戻ってくるキスに次第に私も夢中になり、知らず知らず斗真さんの背中に腕を回していた。

(もっと触れたい……もっと)

「その気になったか」

耳元でそう囁くと、斗真さんは魔術師のように衣類を取り払ってしまう。そして気がつくと、私は一糸纏わぬ姿で、彼の腕に抱えられていた。

その無駄のない動きと流れには抵抗など考えられず、恥ずかしいと思う暇もないほどだった。

「綺麗な肌だな」

「そ、そんなに見ないでください」

「無茶なこと言うな」

バスローブを脱いだ斗真さんの体は、そのまま芸術品になってしまうんじゃないかと思えるほどバランスのいいものだった。筋肉は嫌味がない程度についていて、腹筋は当然のように割れていて引き締まっている。

全体になんというか……アスリートのような体なのだ。

「スポーツとか、されてるんですか？」

照れ隠しの意味もあってそんな質問をすると、彼は自分の腕を撫でて首を傾げた。

「たまに水泳程度……ああ、あとは診察の合間に筋トレを少しやっている」

「そうなんですね」

（白衣のまま筋トレしてる姿が思い浮かばない）

感心していると、斗真さんはジロリと私を睨んだ。

「俺への詮索はもういいか？」

「あ、はい」

「灯りはどうする？」

（そ、それは……）

「恥ずかしいので……消してほしい、です」

「そうか」

ふっと目を細めると、彼は起き上がってデスクスタンドを消した。途端、部屋が真っ暗になり、窓から入るわずかな光だけが私たちを照らす。

「これでいいか？」

黙って頷くと、斗真さんは私を抱きしめ直し、唇にそっとキスを落とした。

「ん……」

触れる唇からは甘い刺激が、撫でられる髪からは優しい温もりがじわじわと伝わってくる。

普段の言葉や態度とは裏腹すぎて、胸の奥に炎でも灯ったかのように心臓部が熱くなってくる。

(言葉は少ないけど、本当は優しい人なのかも)

こんな余裕のある思考ができたのはここまでで、髪を撫でていた手が鎖骨の辺りにするりと降りてきた途端に、声にならない声が喉を鳴らした。

(やだ、今の声。私？)

もじもじと足先をこすり合わせると、その反応を知っているかのように首筋にキスが落とされる。

「ん……ぁ……っ」

耳元に響いてくるリップ音がやけに艶かしくて、肌がざわつく。

(なに、この感覚……くすぐったいだけじゃない)

「あ、あの。斗真さ……」

「動くな」

彼は起き上がりそうになった私の浮いた肩を押し戻し、長くしなやかな指で私の肌を自由に触り始めた。

デコルテラインを撫でていたかと思うと、胸元を滑り降りて、下腹部も優しく撫でる。

「ぁ……」

「嫌な感じは？」

「いや……ではない、です」

こんなふうに他人に肌を触れられたことがないから、判断しきれないけれど。でも、心地よくて、もっと深い感覚を知りたいという欲求が湧いてくる。

私がすっかり警戒心を解いたのがわかったのか、斗真さんはいつもよりハリを感じるふたつの膨らみを包みこんだ。指先が肌に沈むと、喉元から反射的に声がもれる。

「ぁ……っ」

「まだ触れただけだ」

そのまま乳房を揉みしだき、斗真さんは目を細めた。

「ほんと、感度がいいな。先が思いやられる」

余裕ぶった声音を聞きながらも、意識がぼんやりしてしまう。

（もう抵抗する力が湧かない……）

私が大人しいのを知ると、彼は親指で先端に近い場所でくるりと輪郭を描いた。

「っ！」

蕾には触れず、焦らすようにゆっくり幾度も輪郭を描いていく。かき混ぜられる周辺の空気だけで、ふたつの尖りは敏感になっていくようだ。

（どうして避けるの）

身を捩ると、彼は手を止めて首を傾げる。

「どうした？　触れて欲しい場所があるのか？」

視線が胸に向けられているのがわかり、羞恥心で火が出そうだ。

（わざとなの？）

「そんなの……答えられないです」

「なら続ける」

意地悪な表情を私に向けると、同じ動きを何度も何度も繰り返した。

耐えられないほど張り詰めた蕾の周辺まで近づいてから引き返す。そんな動作を繰り返されるうち、たまらない気持ちが高まっていく。

（意地悪でやってる気がする。でも、上半身だけじゃもどかしいとか……口にできないよ）

余裕のある斗真さんの表情を見ていると、自分だけが反応してしまっているみたいで猛烈に恥ずかしい。

そうやって耐えていると、ついに彼は指でなぞっていたまわりを、舌先でゆっくりと舐めはじめた。

「あぁっ」

たまらなくなって腰を浮かせると、彼は胸への愛撫をやめて私に顔を近づけた。

「どこか触れてほしいところがあるんだろ。胡々菜の要望を言ってくれないと、次に移れない」

楽しげにそんなセリフを呟く。

かと思った次の瞬間、指先で蕾が軽く弾かれた。

「ぁ……っ！」

電気のようなピリピリと痺れる熱が背筋を通っていき、尾てい骨付近でその甘い刺激は柔らかく弾けた。

焦らされる時間が伸びたせいか、その甘い電気信号は下腹部に直に伝わったみたいだ。

「いいみたいだな」

「わ、わかんないです」

（こんな経験……ないもの）

「ここは？」

柔らかで薄い腹部にキスされ、さっきより少し強いくらいの反応をしてしまう。

「や……」

「やめるか？」

「ううん」

「どっちだ」

意地悪なのか本気なのか判断できない言葉に翻弄されながら、その先への期待は消えることがない。

「やめ、ないで……」

答えを知っていたかのように、斗真さんはふたつの蕾を優しく押し潰してくる。

「あぁっ」

甘美な刺激が全身を震わせ、自分の衝動を制御できない。

(こんなの知らない。自分がどうなっちゃうか、予測できない……怖い)

困惑しながらも身を委ねていると、斗真さんは上目遣いでこちらを見ながら言う。

「嫌な感じがしたらすぐ言え。無理はするな」

「は、はい」

強引に推し進める気がないのを知って、ホッとする。

その緩んだ雰囲気を察したように、斗真さんは花を咲かせられずにいる蕾を、口に含んだ。

「っ、あぁっ！」

「……そんなに欲しかったか」

小さくなつぶやきと共に舌先で蕾を転がされ、私はもう耐えきれず、我慢していた声を解放してしまった。

「やぁっ、変になりそう……だめっ!!」

何度かの押し問答で斗真さんも痺れを切らしたのか、今度は動きを止めず、片方ずつ先端への刺激を強めた。

(だめ、だめ……何かくる)

逃げようのない快感の熱が頭のどこかで弾けた。

「ぁ……あぁぁん……っ！」

後頭部から何かがとろりと溶けたような感覚があって、こわばっていた場所の力が一気に抜けていく。

（いけない、絵茉ちゃんに聞こえたら……大変）

わずかに残った理性で絵茉ちゃんの心配をする。

でもほとんどの感覚はもう斗真さんに委ねていて、今の心地よさに浸っていたいというのが本音だった。

「胡々菜……」

私の名前を呼びながら太ももや腰の辺りも優しく撫でる。

こんな心地いい感覚は初めてで、残っていた怖さのようなものがどんどん消失していった。

（触れ方が優しい……私が初めてだから気を遣ってくれてるんだ）

経験がないから、この展開が愛ある行動なのか、別の誰かと比較することはできないけれど。私の感覚が狂っていないなら、多分これは……愛情が込められたものだ。

（愛おしい……）

そう感じた途端、腹部に甘い刺激が降りていって、じわっと蜜が溢れるのがわかった。それは秘部が濡れるということだとは理解したけれど、そこからどうなってしまうのかはわからない。

「欲しいか？」

「わか、んないです」

「そうか。ならそう思うところまで案内してやる」

「え……あっ」

(そんなところ……っ)

人生で初めの場所に、斗真さんは躊躇うことなく触れた。

恥ずかしすぎる水音が渇いた部屋にこだまして、自分のそこが喜んでいるのを知ってしまう。

「こんなになってる。濡らす必要ないな」

「い、言わないで」

「そうか？　さっきよりもっと溢れてるが」

縁をなぞり、膨らんだ豆を撫で、濡れて緩んできている場所へそっと指を侵入させる。

「あぁっ」

体感したことのない快感が背中を這い上がり、自分ではないような声が上がる。

「まだ入り口だ」

斗真さんはくすっと笑って、慰めるかの如く肩を抱いてキスを落とす。

「痛いか？」

「いえ……」

「なら進める」

キスをしながら、彼の指は確実に私の奥へと侵入してきた。

内壁をゆっくり侵入する彼の指はポイントで動きを止めて、軽くそこを刺激する。

途端、言葉にならない快感が二倍にも三倍にもなって押し寄せてきた。

「あぁっ、やぁ……っ」

(初めてなのに、こんなに感じちゃうなんて……頭が真っ白になる……)

「いいみたいだな」

初めての体験に戸惑いで涙目になっている私を見下ろし、斗真さんは嬉しげに言う。

「引き返せる場所はここまでだ」

「引き返す……？」

「これ以上だと、俺も余裕でいられる自信がない」

そう言った斗真さんはどこか切なげで、何かに耐えているように見える。

(私のために、我慢してくれてる……のかな)

引き返すっていうのは、ここまででやめるってことだろうか。

斗真さんに会えるチャンスはそんなに多くない。できたら、このままちゃんとしてほしいって思ってしまう。

「私は……全部してほしいです」

正直に言うと、斗真さんは目を見開いて言う。

「俺でいいのか？」

「はい。こう言ったら斗真さんは笑うでしょうけど……」

私はほとんど夢見心地でその言葉を口にした。

「斗真さんを愛おしいって思います。ちゃんと繋がりを感じたい……こういう感覚って……愛なんじゃないのかな……って」

「愛……？」

急に今までの甘やかな空気が一瞬で消え、斗真さんは冷めた顔で起き上がった。

彼が離れて肌が寒く感じたのは距離だけのせいじゃない気がする。

「斗真、さん？」

(私、変なこと言ったかな)

「こんなのお遊戯だろ……愛とか、笑わせる」

「お遊戯って……」

突然のひんやりした空気に戸惑っていると、斗真さんは私にバスローブをかけて肌を隠した。

「遊びと本気の違いもわからないのか。チョロいとは思ってたが、こんなにもとはな」

冷めたセリフに背筋が凍りそうになったけれど、心の片隅で信じきれない気持ちもあった。

(さっきまでの行為が全部遊びだったなんて思えない)

一切愛情のない人が、あんな優しい触れ方をするものだろうか。

(でも、それがどれが真実かなんて……わからない)

「わ、私は感じましたよ。斗真さんからの愛情を。ただ肌を合わせたいだけなら……きっと、こんなに嬉しくない」

愛を感じるって、こんなにも温かいものだったのかと驚いた。

私はそんなふうに思っていたのに、斗真さんはどんどん冷めた表情になっていく。

「盛大な勘違いだな」

「勘違い……」

「愛だの優しさだの……言葉にするのは簡単だ。その場限りの気分次第でいくらでも口に出せる。正直、その言葉を聞くと俺は吐き気がする」

斗真さんはイライラした様子を隠さず、自らもバスローブを羽織って立ち上がった。

「おやすみ。シャワーは自由に浴びたらいい。お前は、あくまでも〝いると便利なお守り〟なんだ。忘れるな」

（酷い……っ）

あまりに一方的な言い方に怒りが湧いてくる。

「斗真さんにとって今のは遊び、だったんですか？」

（あんなに甘いキスも、心地いい触れ方も……全部？）

「…………」

沈黙してしまった斗真さんは無言で部屋を出ていき、それっきり戻ってこなかった。

シンとした部屋にはもう温もりも優しさもなくて、私の心を容赦なく痛めつけた。

（シャワー……浴びなくちゃ……でも、体が痛い。心が痛い……動けない）

とめどなく流れる涙をそのままにしていたら、いつの間にか私は眠りに落ちていた。

『胡々菜……寝たのか』

ふと、夢の中なのか区別がつかないまどろみの中で、斗真さんの声が聞こえた気がした。

頬にそっと温かな感触が触れ、そこを優しくさすられる感触もする。

『なんなんだ……お前は。この俺が、コントロール不能なんて……あり得ない』

（コントロール不能……って？）

彼の声音や触れてくる指には、やっぱり温もりがあった。

（斗真さんの本当の気持ちを知りたい）

半分眠りかけていたけれど、意識を集中させてやっとの思いで目を開いた。

「っ、起きてたのか？」

咄嗟に手を離し、斗真さんは驚いて私を見る。

バスローブから外出着に着替えていて、ここで眠るつもりはないようだった。

（病院に戻るのかな）

「斗真さんの声がした気がして……今、目が覚めました」

先の独り言は聞こえてないと思ったようで、彼は安堵して頷いた。

「そうか。ならちょうどよかった。誤解が大きくならないうちに伝えておく」

「何を、ですか？」

「遊びは終わりだ」

それだけを口にし、斗真さんは鞄を手に改めて部屋を出ていった。

（どういうこと？）

先に触れられていた頬の温もりがまだ残っていて、言葉の意味を飲みこめない。

（……もう、引き留める気力もないよ）

斗真さんの真意を測りきれない私は混乱したままベッドに倒れこみ、そのまま気絶するように眠った。

翌朝。

私は斗真さんのベッドの上で目覚めた。当然のように彼はいない。

すぐに昨夜の出来事を思い出し、複雑な気持ちになる。

（結局……斗真さんは何が言いたかったんだろう）

ショックが消えないまま、このあとどうしたらいいかと考える。

激しく求められたかと思ったら、急に突き放されて。混乱している間に、彼は去ってしまった。

（自分から誘ったのに、唐突に不機嫌になって出ていくとか……意味がわかんないよ）

私は悪くないと思っているけれど、斗真さんの傷ついたような困惑したような表情が胸に焼きついて離れない。

『こんなのお遊戯だろ……愛とか、笑わせる』

『遊びは終わりだ』

（あれは……もう仮の恋人を演じるのは終わり、ってことだよね。胸が痛い……穴が空いたみ

たい）

みぞおちの辺りがズキズキと痛くて、そこには冷たい風が容赦なく通り抜けていく。

本気になるつもりなんてなかったのに、私は初恋に敗れたティーンエイジャーみたいに傷ついていた。

「とりあえず……シャワー浴びなくちゃ」

深く深呼吸してベッドから起き上がり、改めて部屋を見回す。

部屋の壁を塞いでいる書棚に目をやると、並んでいるのは医学関係の書物の他はすべて小説のようだった。

（ホテルにもたくさん並んでたし、本当に読書が好きなんだな）

バリバリの理数系に見えるだけに、改めて意外さを感じる。

本当はどうして読書なのかとか、どんな小説が好きなのかとか、もっと斗真さんのことを知りたいというのが本音だった。

（でも……）

『お前は、あくまでも〝いると便利なお守り〟なんだ。忘れるな』

あの棘のある言葉を思い出すと胸がズキリと痛む。

私は初めての体験が思ったより嫌じゃなくて嬉しかったけれど、彼にとっては大したことじゃなかった？

もっと優しい時間だったと思いたいけれど、言葉だけを聞いたら、たまたまそういう流れだったから……って感じだ。

(でも途中、怖くないように、痛くないようにって……すごく気遣ってくれた)

「あの優しさは嘘じゃなかったよね」

辛い思いをしたのに、私の中では斗真さんへの想いが強くなっていて困った。

嫌いになろうとしても、すぐに愛おしい感情で胸がいっぱいになってしまうのだ。

「どうしよう。これって、好きになっちゃった……ってことだよね」

なのに斗真さんからは拒絶されてしまって。次に会えるチャンスがあるのかすらわからない。

(お互いのお守りになるっていう約束もチャラなのかな……もしそうだとしても、簡単に気持ちを切り替えられないよ)

心の中が悲しさと戸惑いでぐちゃまぜだ。

(確かにストーカー問題はほぼ解決だから、恋人解消って言われても問題はないんだけど)

落ちこむまいと思っても、天国から地獄というような感情の落差がありすぎて平常心でいられなかった。


「おはよう、ココちゃん」

「おはようございます」

リビングにはおハルさんだけで、斗真さんの姿はなかった。

(あれっきり戻らなかったんだな)

「斗真さんは病院ですかね？」

「あら、部屋にいないの？　なら多分、カンファレンスの資料作りとかあったんじゃないかしら」

「そうですか」

いつもながら、おハルさんは斗真さんのことについては考えなくても答えがわかっている。その不安のない信頼感が、ちょっと羨ましい。

(私……嫌われちゃったのかな)

突き放されたタイミングで彼を好きなっていたことに気づくなんて。

胸がズキリと痛むけれど、穏やかに朝食を口にするおハルさんを前に取り乱すわけにはいかない。なるべく自然を装って席につき、田嶋さんにクロワッサンと紅茶だけをお願いした。

(早く出勤して仕事をしよう)

表計算の入力が大量にあることを思い出し、少しやる気になる。

いつもは面倒な仕事だけれど、こんなときは仕事で気持ちを紛らわせるのでとても助かる。

(早く気持ちが切り替えられますように)

運ばれてきたクロワッサンをかじり、私は可能な限り斗真さんのことを考えないようにした。

＊　＊　＊

俺は早朝から病院へ出向いており、専用に用意されている個室で精神統一を図っていた。

「くそ、また気が散った」

椅子から立ち上がって、大げさに深呼吸する。

(何やってるんだ、俺は)

「もう一回集中だ」

午後に控えている難易度の高い手術のシミューションをしながらも、ふっと昨夜の胡々菜の顔や声が浮かんできてビジョンが止まる。

「はあ……」

(なんだってあんな普通の女に俺は思考を奪われてるんだ)

あまり深く考えずに仮の恋人として提案したが、胡々菜は思った以上に俺の心を占めてくる存在になっていた。

(あいつが来てからの俺は明らかにおかしい)

シミュレーションを諦め、ミルクと砂糖を入れたエスプレッソを一気に飲み干した。

胃に落ちていく甘ったるい液体が少しだけ俺の心を鎮める。

(動揺している場合じゃない。俺は今の技術を極めなくてはならないんだ)

俺が外科医になったのはある人の影響だった。病気がちなその人が、もし必要になったら、自分が手術しようと決意していた。

(今となってはもうそんな決意は必要ないんだが……)

消えてしまった目的の虚しさを埋めてくれたのも医者という仕事で、その達成感がこれまでの俺を支えていた。

（そう。今の俺には仕事以外に大事なことなんてないはずだ）

そう信じてここまで医者という仕事を何よりも優先に生きてきたが、胡々菜との出会いでその緊張感に揺らぎが出ていた。

（この俺が、女一人のことで冷静さを欠くなんてあり得ない）

「ああ、また考えてる。これじゃ、なんのために距離を取ってんのかわかんないだろうが」

忌々しげに呟き、俺は追加のエスプレッソを淹れるために立ち上がろうとした。

そのとき、個室のドアがノックされ、機械出し担当の看護師が入ってきた。

「桐生先生、よろしいですか？」

「ああ」

俺の感情を呼んでベストなタイミングでメスを手渡してくれるこの看護師の腕を買い、これまでの重要な手術には必ずついてもらっていた。

ただ、彼女の中にも俺への特別な想いはあり、そのことを薄々感じてはいた。

「このあとのオペで使う病巣イメージなんですけど……あら、お顔の色がよくないですね」

「心配ない。いつも通りだ」

「でしたらいいのですが。今朝、緊急手術があったばかりですし……無理なさらないでくださいね」

心配そうに俺の肩に両手をかけ、ゆっくりと押したり揉んだりしてくる。

いつもならばその手に身を委ねるが、今日はなぜか条件反射で彼女の手を弾いていた。

「どうされました？」

「いや……今は一人の時間が欲しいんだ」

（なぜか猛烈にイライラする。だが、声を大きくしたくはない）

「でも……」

「一人になりたいと言ってる。聞こえなかったか？」

「す、すみません。失礼しました」

表情をこわばらせ、看護師は深くお辞儀をして部屋を出ていった。

ドアが閉まる音を聞いて、俺は深く息を吐いた。

（今までは何も感じてなかったが、他人に触れられるっていうのは……こんなに違和感のあるものだったか？）

「じゃあどうして……」

（胡々菜の手が心地よかったのか？）

少しだけ整っていた心が、またざわめき始める。

困惑はしたものの、思い出した胡々菜の手の感触は、俺の心をほっとさせていた。

＊　＊　＊

斗真さんのおかげで、本当にストーカーは姿を消した。メールも電話もこないし、SNSをチェックしているような気配もない。

（もう警戒しなくちゃいけない人もいないし、私に恋人がいるフリなんかしなくていいんだ。だから、斗真さんを頼る必要も……ない）

それを実感して、嬉しい反面とてつもなく寂しくなる。

あの人のことだから、一晩経ったら『お守りやめていいって誰が言った？』なんて意地悪な言い方をして戻ってくることを少し期待していた。

でもあれ以来、斗真さんは再びお屋敷に戻らなくなった。

おハルさん情報によると、今は仕事が忙しいとかで医局に出突っ張りで、夜は当直室で泊まっているらしい。

「斗真さんっておハルさんに細かくスケジュールの報告をしてるんですか？」

あの斗真さんがマメに連絡しているのがなんとなく不思議で尋ねる。すると、おハルさんは笑って首を振った。

「どこいるかわからないときは私から尋ねるようにしてるの。斗真の予定を確認しておかないと、絵茉が不安がるでしょう？」

「そうだったんですね」

確かに、絵茉ちゃんは斗真さんが帰宅することをいつも心待ちにしている。絵茉ちゃんを常に心配しているおハルさんにとって、斗真さんの予定を把握するのはとても重要なことなんだろう。

（おハルさんにヤキモチ妬いてどうすんの……）

斗真さんが忙しいのは事実だろう。でも、無言のまま戻らない日が続くと、まるで私に会いたくないと言われているようで心が苦しい。

「う……お腹が痛い」

こんなに深く悩んだことがないせいか、最近食欲がなくて胃が痛い。

睡眠不足、食事の偏りなんかもあるせいか、体力も弱っている感じがする。

（恋の病？　こういうの……本当にあるんだな）

自分からしつこくするわけにもいかず、私は斗真さんが何かアクションを起こすまで待つしかないのだ。でも、それを待っている間にも衰弱してしまいそうだ。

しかも私がいるせいで、斗真さんが帰ってこないとしたら、それも問題だ。

（桐生家を出たら、気持ちが変わるかな）

おハルさんも田嶋さんも良くしてくれるし、絵茉ちゃんとも以前よりは親しく話せるようになった。最初の頃より桐生家には馴染んできてるように思う。

（でも、やっぱり私がここにいる理由はもうない気がする）

そう思い、私はいよいよ桐生家から出ようと決意した。

すると、おハルさんはそれは認められないと驚くほど強固に反対した。

「斗真が帰らないのはココちゃんのせいじゃないわよ」

「そんなふうには思えないです。私、多分嫌われて……」

「逆よ」

私の言葉を遮り、おハルさんは強い口調で言い切った。

「斗真はココちゃんのことを本気で好きになりそうだから。それを認めるのが怖いのよ」

「そうは思えないです……」

すっかり自信のなくなった私を励ますように、おハルさんは私の手をキツく握る。その力の強さは、まるで助けを求めるような必死さがあった。

「斗真はいつだって冷静だった。どんなトラブルがあっても、仕事に支障が出るようなことはなかったと思うわ。でも……ココちゃんに会ってから随分感情を表に出すようになった。それってやっぱりココちゃんが斗真に大きく影響しているからなのよ」

(私が斗真さんにそんな大きな影響を与えているなんて、とても信じられない。だいたい、これまでだって私に対しては意地悪ばっかりだったし。おまけに初めて肌を合わせたかと思ったら冷たく突き放されて)

あの夜のことを思い返すと、やっぱり好かれているなんてとても思えない。

でもおハルさんは、私が来てから斗真さんはとても人間らしくなったと言う。

「斗真は昔から精密なロボットみたいだったわ。成績優秀、容姿端麗、礼儀作法も完璧。非の打ち所がないっていうのが、唯一の欠点みたいな人」

「それは私もそう思います。仕事熱心で立派だなって思います」

「仕事では満足な活動をしていると思うわ。でも……仕事以外の時間はどうかしらね。誰にも心を許さない彼に安らぎはあるのかしら」

「誰にも？」

「ええ。当然、私にも」

時折見せていた何かを恐れているような表情。あれが彼の孤独の理由と繋がっているんだろうか。

「どうしてなんですか？」

「それはね……ちょっとうち、複雑でね」

おハルさんは少し沈黙したあと、意を決したように、今まで話していなかった家族のことについて語ってくれた。

「父が海外にいるっていうのは話したかしら」

「はい。外交官でいらっしゃると、以前聞きました」

「そうだったわね。父は自由人で、あまり家庭とか子どもとかに縛られずに生きていたい人なのよ。今はイギリスで優雅にやってるわ」

「そうなんですね」

(イギリスで外交官……聞くだけで優雅な感じ)

自分の育った環境とはかけ離れているという感じだけはあって。

そんなだから、どうしても私と斗真さんが釣り合っているとは思えないのだ。

「お母様もイギリスにいらっしゃるんですか？」

聞いてはいけないことだったのか、私がそう質問した途端、おハルさんは顔をこわばらせた。

「すみません、余計なことをうかがってしまって」

「いえ、いいのよ」

ふっと小さく息を吐くと、おハルさんはにこやかな表情で私を見た。

「母は……突然私たちの前から姿を消してしまったの」

「姿を……？」

お母様は十二年ほど前のある日、おハルさんたちを置いて出ていってしまったという。

「父に失望したのもあるでしょうし、他に好きな人ができたのもあったみたい」

（そんな……）

思った以上に桐生家には重い過去があり、私はこの家の人たちが深い心の傷を抱えていることを知った。

「そんなことがあってね。うちでは母のことは口にしないルールなの」

「そうだったんですね……」

なんと言葉を繋いでいいかわからず、私は神妙に頷くばかりだった。

「ごめんね、こんな重い話してしまって」

「いえ、そんなことないです！」

慌てて首を振ると、おハルさんもにこりと微笑んだ。

「ありがとう。やっぱりココちゃんを引き止めてよかった」

「そんな、お礼なんて……」

（でも、少しは役に立てているなら嬉しいな）

おハルさんの言葉を素直に受け止めて頷くと、彼女は真剣な顔で言った。

「だからココちゃん、お願い。ここを出ていくなんて言わないで？」

おハルさんの申し出は、正直とても嬉しい。

でも、それは斗真さんも望んでいなければ成立しないことだ。

（今は確かめようがないんだけど……）

「少し……考えさせてください」

慎重に答えると、おハルさんは少し寂しげに頷いたのだった。

おハルさんの話を聞いてからは、私はますます『桐生家に残っていていいのか』という問題を考えていた。

（斗真さんの気持ちを確かめられないうちは、どうしていいかわからないし）

つい斗真さんに連絡してしまいそうになるから、仕事もあえて忙しくしている。

いずれ尋ねるチャンスも来るだろうと、とにかく可能な限り、暇な時間を作らないようにしていた。


そんな日々を過ごして数日後の夜。

今までになく胃痛が強くなるのを感じた。頭痛もしてきて、薬を飲んでも効く気配がない。

（まずい、目の前がチカチカしてきた）

キッチンで水を飲もうとどうにか階段を降りた。そして震える手で食器棚を開け、グラスを手にした途端、それは床に滑り落ちた。

ガシャーン！

グラスの割れる音を聞いたおハルさんが、驚いてリビングに顔を出した。

「ココちゃん！　どうしたの」

「おハルさ……お腹が痛くて……目の前がぐらぐら回って……倒れそう」

その場にしゃがみ込みかけると、おハルさんは急ぎ駆け寄って私を支えてくれた。

「危ない！　大丈夫？」

「は、はい……」

「ガラスに気をつけて。とりあえずソファに横になって」

「すみません」

どうにかソファに辿り着き、力なくそこに横たわった。するとおハルさんは気遣いながら私の背中や肩をさすってくれた。

その手は温かくて、不安な心が鎮まってくる。

（心地いい……おハルさんの優しさが伝わってくる）

少し調子が戻り、私は寝かされていたソファからゆっくり身を起こした。

「だいぶいいです。ありがとうございます」

「そう？　心配だわ」

私の顔色を窺いつつ、額に手を当てるおハルさんは不安そうだ。

「すぐに病院で診てもらいましょう」

「え、でも……今、夜中です」

「今夜は斗真が救急外来の当直をしているの、そこへ行きましょう」

（ええっ）

咄嗟に行きたくないと言いたかったけれど、断るのも変かなと言い出せない。

「タクシーを呼んだから。一緒にいきましょう」

私の体に冷えないようカーディガンを着せてくれ、テキパキとタクシーの手配をしてくれている。

「あの、おハルさん。あとは私一人で大丈夫です」

「でも……」

「おハルさんはここにいてください。絵茉ちゃんが不安がります」

「ん……そうね」

本当はおハルさんも絵茉ちゃんが心配だったのだろう、少しホッとしたように頷き、私の手をしっかり握った。

「無事に着いたら連絡してね」

「はい。ありがとうございます」

（これ以上ご迷惑かけたくなかったから、よかった）

ホッとしてソファの背もたれに体を預ける。

単なる風邪だったら笑われてしまうだろうけれど、この際ちゃんと治すきっかけだと思って覚悟を決めよう。

タクシーは斗真さんの勧める病院に問題なく到着し、私は待合室で名前が呼ばれるのを待っていた。おハルさんにも連絡を入れ、体調もそれほど悪化していないと伝えた。

『よかった。じゃあ帰るときもタクシーを使うのよ』

おハルさんはどこまでも優しく、私を気遣っている。

(こんなに心配してくれてるのに、斗真さんに会いたくないから帰るなんて言えない)

今顔を合わせても、何も言葉が出てこない気がする。

彼と久しぶりに顔を合わせることを思うと緊張してしまい、体調の悪さとは別に汗が出てきそうだった。

「月野さん、お入りください」

「は、はい!」

名前を呼ばれ診察室に入ると、眼鏡をかけた斗真さんが凛々しい横顔でパソコンに向かっていた。

「失礼します」

「どうされましたか?」

あくまでも他人行儀な距離感で、斗真さんは私にそう尋ねた。

「あの、眠れないほどの胃痛と頭痛がしてるんです」

椅子に座りながら答えると、彼はチラリとこちらを見て一瞬驚いた顔をした。

けれど、すぐに真顔に戻ってパソコン画面に視線を戻す。

「いつから？　熱は？」

「ひどくなったのは今夜ですけど、痛みは十日ほど前からです。あ、熱はないです」

「なるほど」

頷きながら、首の両脇に軽く触れる。

その指先がひんやりしていて、思わずびくりと肩が震えた。

「異常なし……吐き気は？」

「少しだけ」

「腹部の触診をする、そこに横になって」

「は、はい」

診察室のベッドに横になると、カーテンを引かれてお腹を出すように言われる。

恥ずかしいなんて言っていられなくて、シャツを捲ってみせると、斗真さんは右手で軽く腹部を押した。

（あ……）

忘れていたあの夜の愛撫を思い出し、両足に緊張が走る。

「痛い？」

「い、いいえ」

「ここは？」

「痛くは……ないです」

（こんなときなのに、触れられてるだけですごい意識してしまう）

まともに視線を上げていられなくて、私は思わず横に顔を背けた。

すると彼はお腹にそっと手のひらを置いて優しく尋ねた。

「ぺったんこだな……食欲は？」

「……あんまり」

「そうか。空腹も頭痛の引き金になることがある。できるだけ、食べられるものを口に入れて」

「はい」

（斗真さん……今、何を思ってるんですか？）

思わずそう言ってしまいそうだ。

気まずいと思っていたのに、漂う空気は悪くなく、彼に触れられるのはやっぱり嫌じゃなかった。

（本当は私、会いたかったのかな）

お医者様としての彼がとても優しかったことで、胸が熱くなって涙もにじんでくる。

（不安なときのお医者様って、すごく影響力が大きいんだな）

今感じた安心感を患者さんすべてに与えているのだとしたら、彼が世間がざわめくほどの人気者だというのも頷ける。

（改めて……私、斗真さんが好きなんだな）

診察中なのに彼への恋心が再燃してしまい、胸が苦しくなる。

「起きていいよ」

斗真さんは聴診器で丁寧に腹部の音を聞いてから、そっとシャツを下ろした。

「服を直したらもう一回椅子に座ってくれる？」

「はい」

何事もなかったように診察室の椅子に戻り、彼はパソコン画面に向かって診察結果を打ちこんでいく。

「腸の動きは多少鈍いけど、問題があるほどじゃない。今の症状は、ストレスからくる慢性痛の可能性が高い」

「吐き気とか眩暈も関係あるんですか」

「あるね。偏頭痛だと、酷くなると倒れてしまう人もいる。軽く見ないほうがいい」

（そうか。やっぱりストレスだったか……）

想像できない痛みだったから、いろいろと新鮮で納得する。

そのとき、看護師さんが遠慮がちに顔を出し、他の患者さんについて尋ねた。

「酔って転んだという方が応急処置を申し出られていますが」

「出血と痛みは」

「擦り傷から少量出血ありですが、痛みはないっておっしゃってます」

「無いわけないな……レントゲンも準備。こっちはもう少しで終わるから、第二控え室に通して」

「はい！」

外科医の特徴なんだろうか、とても指示が速くて的確に見える。心なしか看護師さんもイキイキと動いているようだ。

(今まで意識してなかったけど、真夜中にこんなふうに働いている方がいるんだな)

斗真さんはくるりとパソコン画面に戻り、電子カルテにカタカタと何か記録し始めた。

「頓服用に胃薬と頭痛薬……」

少し考えてから私をチラリと見る。

「ストレスを緩和する漢方も一日分出しておく。可能なら関節を解すストレッチもやるといい」

「はい」

「ちなみに、今日のは本当に応急処置だから。出した薬でも治らないようだったら、改めて内科を受診して」

「わかりました。ありがとうございます」

素直にお礼を告げ、私は椅子から立ち上がると深く頭を下げて診察室を出ようとした。そのとき、帰ろうとした私の背中に声がかけられた。

「胡々菜」

「は、はい？」

思わずどもりながら振り返った。

「ペンダントは見つかったのか」

「え？　あ……いえ、まだです」

（随分前の話を急に、なんで今？）

唐突に振られた話題に驚いていると、斗真さんはふっと目を細めた。

「そうか……代わりの効かないものだしな。見つかるといいな」

「はい」

「お大事に」

「ありがとうございました」

反射的にぺこりと頭を下げると、私はそのまま診察室の外に出た。

名前を呼ばれただけなのに、心臓が飛び出しそうなほどバクバクしている。

（どういうつもりで名前を呼んだの？　なんで優しそうに微笑んでいたの？）

いろいろ聞きたかったのに、結局何も言えなかった。

＊　＊　＊

俺はこれまで、恋愛に対して冷めた感情しかなかった。

恋人がいるシチュエーションを体験したことはあっても、それはとても空虚で、二人でいることの必要性を全く感じないようなものだった。

だから、胡々菜が現れたときの自分の心境の変化に、方程式を知らない数学の問題を突きつけられたような感覚を覚えた。

(まったく、どうしたっていうんだ？　あいつの顔が四六時中頭から離れないなんて)

自分を揺らがすものに不快感を覚える。

自分がコントロールできないものに苛立ちを感じる。

そんな性格の俺だから、あの日胡々菜と触れ合ったとき、彼女は自分を混乱させる厄介な存在だと思い込んだ。

(離れて時間を置いたら、今まで通り、忘れられるだろう)

そう思っていたのに、日が経つにつれて、忘れるどころか毎日のように胡々菜の声や姿を思い出す自分がいた。振り払おうと読書に没頭してみても、無駄に忙しくしてみても、ふと気の緩んだ隙に胡々菜の『愛おしいです』と言った声と目元を赤くして微笑む表情が浮かんだ。

(……なんなんだ、この感情は)

理屈に合わないことは認めないし受け入れないという信念でやってきたが、胡々菜と関わることで異変が起きたと認めないわけにはいかなかった。

そしてまさか、当直日に診察に来るとは。

久しぶりに見る胡々菜の姿は、どうしようもなく俺を安心させた。

不調の理由が自分かもしれない。その事実が俺の罪悪感をえぐった。

(俺は何をしてたんだ。自分のことばかり……彼女をあんなに疲弊させて)

可能な限り丁寧に診察したが、他の患者以上のことをするわけにもいかない。

とはいえ、もっと何かしてやりたいと考えるのは胡々菜を特別に思っている証拠だった。

(胡々菜は今まで会ったどの女性とも違う……それだけは確かだ)

そんな思いを強め、俺は診察室を去る胡々菜を愛おしげに見送ったのだった。

斗真さんに診察してもらってから一週間。

薬のおかげで頭痛もおさまり、私はすっかり元気になっていた。

診察で声をかけてもらえたこと。ペンダントのことを気にかけてくれたこと。

それだけで私は彼が口にしたきつい言葉を許すことができていた。

あれから随分捜しているけれど、ペンダントが見つかる気配はない。

それでも斗真さんがそれを真剣に受け止めてくれていたことが、私にはとても嬉しかった。

(斗真さんがどんな気持ちでも、私は彼のことが心から好きなんだ)

その気持ちを強く認識した私は、おハルさんの言葉に甘えてもうしばらく桐生家にお世話になることにした。

それを伝えると、絵茉ちゃんはツンとした顔で私を見た。

「ココさんて、結構図々しいね」

「まあ、そうかも」

自然にそう答えて微笑むと、絵茉ちゃんも少しだけ笑った。

(笑顔が見られるようになっただけ、進歩かな)

絵茉ちゃんはお茶にすっかり夢中になり、外に習いに行くと言い出している。

「あんなに積極的に外に出たいって言うようになったのもココちゃんのおかげよ」

おハルさんは心から嬉しそうにそう言ってくれた。

（必要としてもえるってすごく嬉しいことなんだな）

私の恋心とは別に、今はおハルさんに恩返しがしたい。

（斗真さんとまた会うことができたら……そのときは、あの約束をする前の自分でいよう）

そう自分に言い聞かせる。

そして私は趣味で終わらせようと思っていたお花のことについて知識を深めようと、フラワーアレンジメントの教室に通うようになった。

絵茉ちゃんに言ってもらった言葉が思いのほか心に響いて、いずれお花をメインにした仕事に就くのも悪くないと思うようになったのだ。

（斗真さんとのことは心が痛いときもあったけど……私の成長に必要だったのかな）

そんなことを思っている間に、とうとう私の誕生日——七月十一日が明日に迫っていた。

誕生日前日だから何ってわけではないけれど、結局、二十代最後を一緒にお祝いできる恋人はできなかったなぁという虚しさはあった。

（斗真さんだって正式な恋人ってわけじゃなかったから、いないも同然だったけど）

「ふう……」

ため息をつきつつ窓の外を見ると、オレンジ色になりかけた夕空に、ぽっかりと満月が浮かんでいた。

「今日って満月だったっけ？」

ネットで月情報を確かめてみると、どうやら満月は明日のようだった。

(そうかあ、誕生日に満月かあ……なんかちょっと嬉しいな)

落ちこんでいた心がちょっと上向く。そんな小さな幸せを噛み締めていると、同じ総務課の後輩である木之内《きのうち》さんから声をかけられた。

「月野先輩って今夜空いてます？」

「まあ、空いてると言えば空いてるけど……」

「お願いします！　今日の飲み会に出てください!!」

顔の前でパンっと両手を打ち、懇願の視線を向けてくる。

話を聞くと、予定していた女の子が一人キャンセルになり、急遽人数合わせが必要になったという。

「今夜？　急だね」

「すみません。私が入っているオンラインサークルのオフ会なんです」

「部外者の私がいて大丈夫なの？」

「それはもう、全然！　向こうが五人揃えてくれたのに、こっちが四人だとバランス悪くて……駄目ですか？」

「……うーん」

「お願いですぅ……」

社内一と言われているルックスの木之内さんは、女性に対しても魅力を発揮してくる。

小悪魔的なこの子の魅力には、同性である私も敵わないのだ。

(まあ、別に合コンってわけじゃないしね。顔を出すだけならいいかな)

「じゃあ参加だけね？　一時間くらいで帰るのでもいい？」

「それでいいです！　ありがとうございます！」

木之内さんは何やらこのオフ会に賭けているものがあるのか、私の両手を握って喜んだ。


指定された店は和食中心の居酒屋で、少し広めの個室にはすでに私たち以外のメンバーが揃っていた。

当然ながら私は誰のこともわからないし、向こうも私のことを知らない。

(微妙にいづらいなあ……でも一時間の我慢だ)

「じゃあ記念すべき第一回オフ会を始めようと思うけど、いいかな？」

「もちろんです！」

「じゃあ乾杯しよう。皆、ビール持った？」

「はーい」

一気に賑やかになり、私の席にも先に頼まれていたビールが置かれている。

(ビールは得意じゃないんだよなあ。でもこういう場では仕方ないか)

「カンパーイ！」

ノリに合わせて私はやけくそで乾杯し、半分くらいビールを飲んだ。

頑張って飲んでみてもやっぱり苦手な味は苦手だった。

そのとき、店員さんのいらっしゃいませーという声がして、無意識にそちらに目を向ける。すると背の高い男性と、遠目にも美人だとわかる女性が二人で入ってきたのが見えた。

（あれ？　あの男性って……）

かっちりした広い肩に乗った美しい小顔。店員さんにカウンター席を案内され、頷く横顔は目鼻立ちの良さを強調している、あの人は――

（斗真さんだ!!）

眼鏡をかけているけれど、あれは間違いなく斗真さん。

心臓が飛び出しそうなほど驚き、咄嗟に顔を背けた。

（なんでなんで？　斗真さんが女性と居酒屋に、なんて……想像もつかなかった）

カウンター席を再び見ることができず、私は湯気の立つお料理をじっと見つめた。

（知り合い？　友達？　それとも……恋人？）

思えば私は斗真さんの外での姿をほとんど知らない。勝手に恋人はいないって思っていたけれど、本当はいたのかもしれない。

（なんでその可能性を考えなかったんだろう）

自分の浅はかさに呆れつつ、胸に響く鈍い痛みを感じてなんともいえない気持ちになる。

（そっか……なんだかんだ言って、斗真さんもこうやって女性と交流してたのか）

怒る権利なんかないのに苛立ちは誤魔化せなくて、私は斗真さんが視界に入らない角度で飲んでいた。

猛烈にガッカリしている自分がいる。

これは……ヤキモチなんだろうか。そうは思いたくないけれど。

泡が消えかけているビールを見つめていると、目の前に座っていた男性が声をかけてきた。

「初めまして。俺は美島《みしま》って言います。サークルの方じゃないですよね？」

「あ、はい。月野っていいます。木之内さんと会社が同じで、助っ人で参加させてもらってます」

「そうなんだ」

美島さんは好感度の高い笑みを浮かべ、簡単な自己紹介とかオススメの音楽の話をした。

今の私にはこうして話しかけてくれる人がいるのはちょっとした救いだ。だからいつもよりちょっとテンション高く会話をした。

「はは、月野さん面白いな。お若く見えるけど、もう彼氏とかいるんでしょうね」

「えっと……若くもないですし、彼氏もいないです」

見た目年齢は割と若いと言われることは多いけど、それが嬉しいかというと、そうでもない。

私は異性を年齢で値踏みするような慣習に対して、どうも嫌悪感が出てしまう。

その理由で結婚相談所への登録もやめてしまった。

（年収、職業、ルックスだけじゃ、長い人生を一緒に歩んでいくのは難しいんじゃないのかな）

とは思うものの、じゃあ何が必要なのかと問われると確たるものは答えられない。

自分の両親が仲よしだから、愛し合えるパートナーがいたら幸せだろうなって、ただそういう単純な理由で結婚はしたいと思っているけれど……この理由じゃダメなんだろうか。

(愛っていう答え……そんなにダメかな)

斗真さんを怒らせてしまった言葉だった。

あれ以来、私は結婚したい理由を簡単に口にしないほうがいいのかなと思っているけれど、愛という言葉に確かな温もりを感じるのは否定できない。

「どうしたの？　ぼうっとして」

私がジョッキを手にしたままじっとしているのを見て、美島さんが笑った。

「あ、すみません。ぼんやりしちゃって」

「ビール、進まないね。もしかしてあんまり好きじゃない？」

「実はそうなんです」

「そうだったんだ。じゃあカクテルにする？」

「はい、できれば」

手渡されたメニュー表を見ていると、美島さんも一緒に覗きこんでくる。ふわっと香水の香りまで漂ってきて、その近さに一瞬驚いた。

(ちょっと近い？　でも、他の人もいるし……考えすぎだよね)

「これ、度数が低めで美味しいよ」

「本当ですか？　じゃあそれにしようかな」

カクテルを頼み直していると、じわじわと足が痺れて堪らなくなった。

(緊張しながらお酒飲むと足が痺れちゃうんだよね……一回おトイレに行こう)

「あの、すみません。ちょっと席外しますね」

「うん。大丈夫？　お手洗いなら左手奥だからね」

「ありがとうございます」

美島さんにお辞儀すると、私は軽く痺れた足をさすってから席を立った。

お手洗いのある廊下に出ると、ぐっと腕を掴まれて壁に背中を押し当てられた。

「お前、ここで何やってる？」

「斗真さん⁉」

急なことに驚いて、私は思わず声を上げる。

(何やってるって……)

「斗真さんにそんなこと、言われる筋合いないですけど」

私の反抗的な態度に斗真さんは明らかに不満げな顔をしたけれど、ポケットからスマホを取り出して画面を見つめた。

「さっき姉貴から連絡が入った。調子悪くしてるみたいなんだ、すぐ帰ってやって」

「え、おハルさんが？」

(会社では元気そうだったけど)

でも斗真さんが言うなら間違いないだろう。参加予定じゃなかった飲み会に無理してとどまる理由はない。

「わかりました、帰ります」

私は素直に頷いた。

「飲み会のメンバーに断ってきます」

「もうあそこには戻るな」

当然の如く挨拶をしてから帰ろうとする私を、彼は命令口調で遮った。

「で、でも。黙って帰るわけにいかないです。バッグもそのままですし」

「……来い」

「ちょ……痛い」

私の手首を掴むと、彼はお座敷のところまで戻って私にバッグを取るように言った。

「月野さん、どうしたの。その人は……」

美島さんだけでなく他のメンバーも斗真さんを驚きの表情で見ている。

（ただでさえ目立つ人なのに、こんな登場の仕方……なんて説明すればいいの）

バッグを手に言うべき言葉を考えていると、斗真さんが驚くべき言葉を口にした。

「彼女は私のフィアンセです」

「「ええっ？」」

（えええっ！）

驚きすぎて私は声も出ない。

恋人をすっ飛ばして、フィアンセになってしまった。

(ど、どういうつもり!?)

「月野先輩！　こんなイケメンフィアンセさんがいたなんて聞いてないです！」

「ち、ちが……」

「違わないだろ？」

礼儀正しくもピシリと緊張感のある声で斗真さんがそう言い放った。

「彼女は今後一切、こういった飲み会には出席できないので、ご了承ください」

あんぐりしているメンバーをあとに、彼は私の手を引いてエレベーターの前まで連れていった。

「と、斗真さん！　勝手に何するんですか!!」

「……お前が悪いんだろ」

「は？」

(私が一体何したっていうの？　意味がわかんない)

無茶苦茶な展開に腹が立ったけれど、今はおハルさんのほうが心配だ。

私は冷静になるように深呼吸をし、斗真さんを見上げた。

「斗真さん。お忙しいと思いますが、今度お話する時間を取ってもらえますか？」

(これ以上振り回されるのは嫌だ)

「ああ、わかった」

真剣に伝えた気持ちが通じたのか、彼は思ったよりあっさり了承した。

でもその返事はどこか絵空事のように軽い。

「急ぎで一台お願いしたい。住所は――」

取り出したスマホで素早く通話ボタンをタップし、タクシーを一台依頼している。

(焦ってる？　おハルさんのことがすごく心配なのかな)

斗真さんに心配してもらえるおハルさんが羨ましい……なんて不謹慎にも少しだけそう思ってしまう。

「十分後にタクシーが到着する。それに乗って帰るといい」

「は、はい。でも斗真さんは？」

「俺が帰ってもしょうがない」

「は？　お医者様の斗真さんが帰らなくてどうするんです」

強くそう訴えたけれど、彼は有無を言わさず私をエレベーターに乗せた。

「じゃあ、姉貴によろしく」

「あ……」

目の前でドアがゆっくり閉まる。

(なんなの？　ほんと、意味がわからない)

彼の行動の真意がわからず、私はフリーズしたまま一階まで降りるしかなかった。

帰りのタクシーではずっと、おハルさんの心配と斗真さんの訳のわからなさをぐるぐる考えていた。

「着きましたよ」

「ありがとうございます」

タクシー代を払って急いでお屋敷に戻ると――

「あははっ」

おハルさんはリビングで映画鑑賞しながら元気に笑っていた。

（ええっ！　どういうこと？）

「おハルさん？　もう体調いいんですか？」

私が帰宅したことに気づいたおハルさんはビックリしてこちらを見た。

「ココちゃん？　あれ、飲み会じゃなかった？」

モニターの音量を落として立ち上がった足元もしっかりしている。

「お帰りなさい。早かったわね」

「おハルさんの体調が悪いって聞いたので」

「私元気だけど……」

完全に画面を消して、おハルさんは真剣な顔で私を見る。

「私の体調が悪いなんて、誰から聞いたの？」

「私がいたお店に、偶然斗真さんもいて。そこで彼から……」

そう言うなり、おハルさんは苦笑した。

「私が調子悪いから帰れって？」

「そっ、そうなんですよ！　彼は綺麗な女性と二人で飲んでたみたいなので。私、お邪魔だったのかもしれないですけど……」

（おハルさんが病気だとか嘘までついて……っ）

プンスカしていると、おハルさんは苦笑したまま首を振って私を見上げた。

「ココちゃんってウルトラ鈍いわよね」

「ウ、ウルトラ？」

「そうよ。他の男に声かけられてるココちゃんを見ていられなくて、言い訳作って帰したに決まってるじゃない」

「そ、そんなわけないです！」

（だって私、もうずっと避けられてるし）

今日だって偶然にああいう場所で会ってしまっただけで。

お互い気まずくて顔も見れないくらいだったし。

納得できずモヤモヤしている私を見て、おハルさんはクスクスと笑った。

「笑い事じゃないんですよ」

（あの人の行動、言動、全部意味がわかんない）

「たくさん会話するしかないわね」

おハルさんはソファから立ち上がると、テーブルのものもシンクに片付け始める。

「多分斗真、今夜は帰ってくると思うから、私は部屋に戻るわね」

「ええっ？」

彼女は私を残して、本当に部屋に戻ってしまった。

（斗真さんがここに帰ってくる？）

意味がわからず呆然としていると、おハルさんの予測どおり斗真さんがリビングに入ってきた。

（本当に帰ってきた……）

棒立ちになっている私には構わず、彼は部屋を見回した。

「姉貴は？」

「お部屋に戻りました。ちなみに……すごくお元気でしたよ」

「そう」

悪びれる気配もなく、彼はジャケットを脱いでソファにかけた。

シンと静まり返った広いリビングで、私たちは重い沈黙を味わう。

（言葉が出てこない。斗真さんの考えがぜんぜんわかんない）

「お茶、飲みますか？」

何も言えることがない私は、とりあえずという感じで尋ねた。

「ああ」

案外素直に頷いたその反応にホッとして、私はキッチンに用意されているティーパックでハーブティを淹れた。

このお屋敷で会うのは何日ぶりだろう。

嬉しくないわけではないけれど、こんな再会は予想外だった。

「どうぞ」

「ありがとう」

ソファで向かい合ってハーブティを飲みながら、私たちはバツの悪い沈黙を続けている。

(向こうが話し出すまでは黙っていよう)

斗真さんだって私が言いたいことくらい察しているだろう。

すると、彼はおもむろに口を開いた。

「そっちも言いたいことがあるんだろうけど、俺にも言いたいことがある」

「なんですか?」

「……部屋に来て」

カラになったカップを戻し、斗真さんはお茶を半分残して自室のある二階へと上がっていく。

私は少し考えたけれど、ここで意地を張っても仕方ないと思い、そのあとを追った。

隣の部屋とはいえ勝手に入ることなんかないから、斗真さんの部屋にくるのも本当に久しぶりだ。

人が寝泊まりしていない部屋は、入るだけでどこかひんやりしている。

斗真さんはデスクライトだけをつけ、椅子に腰かけた。

そして目の前にあるスツールに目をやり、私にも座るよう促す。

「失礼します」

まるで病院で向き合ったときみたいに、私は斗真さんから五十センチほど離れて腰かけた。

あまり友好的な空気じゃないのは察しても、私が怒りを向けられる意味がわからない。

(今回は絶対に私は悪くないんだから)

相手の出方を待っていると、斗真さんは、はあとため息をついてかけていた眼鏡を外した。ドクターモードのときに使用する眼鏡らしいから、さっきの美女ともそういうモードだったってことだろうか。

「胡々菜って……ほんと、男を見る目ないな」

「っ、そんなこと言われる筋合いないです」

「ある、お前は俺のものだろ」

「は？」

(何言ってるの⁉)

「さんざ放ったらかして、よくそんなこと言えますね！　斗真さんだって、女性と二人きりで飲んでたじゃないですか」

唐突で自分勝手な言葉に私は我慢できず、嫉妬心丸出しで叫んでしまった。

すると斗真さんは一瞬目をぱちくりさせ、それからクスッと笑った。

「あの人か……あれは同じ病院の同僚医師だ。恋人の愚痴を聞かされていた」

（自分はそういう理由が正当だと思ってるんだ）

私だけが責められる理不尽さに、まだ憤りがおさまらない。

「相談なんて、女性側の口実かもしれないじゃないですか」

「それはない。何も知らない他人のほうがフラットな意見が聞けるってことだろ」

（斗真さんが言ってることが本当かはわからない。けど、本当に二人でいたいのだったら、私に話しかけたりしなかったかな……）

やっと少し冷静になり、私は声を小さくして尋ねた。

「本当に愚痴を聞いていただけ、ですか？」

「当たり前だろ」

（ってことは、私が考えたような関係ではなかったってこと？）

ようやく納得してそれ以上質問するのをやめた。

すると、今度は自分のターンだとばかりに斗真さんが問い詰めてきた。

「それより胡々菜はなんであんないかにもな飲み会に出てたんだ。まさか恋人探しか？」

「だとしたらどうなんです」

棘のある言葉に思わずカッとなる。でも、斗真さんも負けない勢いで返してきた。

「ストーカーにあったばかりだろ、懲りないな。弱いウサギはすぐ食われるんだよ。味がなくなったら捨てられる。胡々菜はそういう対象にされやすい素質があるからな」

「ひ、酷いこと言わないで！　積極的に出会いを求めてたわけじゃないです。人数が足りないって言われて」

「それでも嫌なら断るだろ？　浅はかなやつ」

（浅はか？）

あんまりな言い方にまた腹が立ってきて、こんな人とは会話なんか不可能だと思って立ち上がった。

「どこにいく？」

「自分の部屋に戻ります」

（誕生日前日にこんな思いするなんて、耐えられない）

「待て」

ドアに向かおうとする私の手首を捉え、彼は私をベッドへと押し倒した。

「っ、な……」

ヒヤリとしたシーツの上に体が沈み、起きあがろうにもすぐにバランスが取れない。

「何するんですか！」

「……勝手に逃げるな。お前とは別れたつもりはない」

「私は逃げてないです。話そうとしなかったのは斗真さんじゃないですか」

（同僚の愚痴聞きには付き合う時間があるくせに……）

「大事な手術が連続で入ってたんだ」

神妙な表情でそう口にしたあと、斗真さんは切なげな眼差しで私をじっと見つめた。

「あの日からお前のことが頭から離れない。会ったら手術に集中できなくなる。だから避けていた」

「頭から……離れない？」

（それって……）

予想しなかった言葉が斗真さんの口からもれ、私はドキリとして彼を見上げる。

デスクライトに照らされた彼の顔はやっぱり彫刻のように整っていて、瞳は濡れた宝石みたいにキラキラしていた。

「俺がこうなったのはお前のせいだ。責任取れよ」

「……めちゃくちゃ言ってます」

「それくらいわかってる」

押さえつけていた手首からするりと手のひらを滑らせ、指がゆっくりと絡んでいく。

両手を同じように絡ませると、私の体は完全にベッドの上に磔《はりつけ》になった。

（もうこうして向き合うことなんてない、って思ってたのに）

諦めかけていた恋心に再び火をつけられそうで、私は複雑な気持ちになった。

ここで肌を重ねて愛を囁き合ったって……また明日には彼の気持ちが冷たくなっていたらと思うと怖い。

「これが……斗真さんの気まぐれなら、すぐに離れてください」

「どういう状態なら満足なんだ？」

「……するなら、ちゃんと……恋人として、がいいです」

(もうお守りとか、体裁だけの恋人なんて苦しいだけ……)

笑われて断られるかもしれないと思いつつ、私は精一杯の本音を伝えた。

すると斗真さんはふっと目を細めて耳元に唇を寄せた。

「俺が触れたいと思うのは胡々菜だけだ」

(……それって)

「唯一の恋人としてお前に触れたい」

「……っ」

大好きな人の甘い囁きは驚くほど胸を熱くさせた。

耳から伝わる刺激で、体のすべてが溶けてしまいそうだ。

「私……嫌われたわけじゃなかったんですか」

「……そんなことを思ってたのか」

「そりゃ、そうですよ」

斗真さんが戻ってこなくなってずっと悩んでいたのは、嫌われてしまったのかも、ということだった。元々正式な恋人のわけじゃなかったし、そこに文句を言えないのが何より辛かった。

一体いつからこんなに好きになってしまったのか……その境目もわからない。それでも今は強く、この人を好きだと感じている。

どんなにモテる人だとわかっていても、他の誰にもよそ見をしてほしくない。

こんな私の気持ちをどこまで理解しているのかわからないけれど、斗真さんは私の頬を撫でながら微笑んだ。

「俺はお前を気に入っていたが、お前から嫌われてしまうことは想定内だったし、それでいいと思っていた」

「どういう、ことですか？」

私は持ち合わせていない感覚だ。

好意のある相手から嫌われてもいいなんて……

「俺はそういうところが変なんだ。胡々菜が俺を嫌いでも憎んでいても構わない。それは今も同じだ」

「そんなの私が嫌です」

私の答えを聞いて、彼は苦笑した。

「たとえ負の感情でも、強い感情を向けられると嬉しいんだ。無関心になられるよりずっと……」

「わざと私を怒らせてるんですか？」

「その強い感情があるうちは、お前は俺から離れられないだろ」

それは愛情というよりは、強烈な嫉妬や執着のような感情に思えた。

でも今の私はそんな独占欲を向けてくれる斗真さんの存在に、たまらない愛おしさを感じている。

「俺が憎いか？」

「……今日みたいに、私の心を振り回す斗真さんは嫌いです」

「そうか」

なぜか嬉しそうに微笑むと、彼は額にそっと唇を押し当てた。

（あ……）

懐かしい温もりに、忘れかけていた官能的な感覚が蘇る。

鼻、瞼、耳と順番に吐息を交えたキスが降りてきて、最後に唇の横にキスされる。

（唇には触れないの？）

期待通りのキスが来ないと思い、反射的に目を開くと、斗真さんは意地悪く微笑んでいた。

「ねだる顔が可愛いな」

くすくすと笑って再び唇を塞ぐ。

「ん……ふ……っ」

繰り返しキスしながら私の身につけている衣服を脱がしていく。そのスムーズさに私は抵抗できなくて、気がつくと全身の素肌が彼の前に晒されていた。

「さて……この先はどうしてほしい？」

「……言わせるんですか？」

「聞きたい」

（意地悪……なのにキスがすごく優しいから、虜になる）

「もっと、キス……して」

「どこに？」

挑発するように吐息の届く距離で止めている彼に、ちょっと腹が立つ。

(私の気持ちも伝えたい！)

焦れったくなった私は、頭を持ち上げて彼の唇を自分から奪いにいった。

すると彼がすかさず上から重ねるように呼吸が止まりそうな深いキスを落とす。

「っ、ふ……っ」

深まるキスの合間にもれる自分の甘い声にも体が震え、羞恥心が薄れていった。

(このキスに包まれると、腹を立てていたことが全部消えていく)

「お前は声が出すぎる。絵茉に聞こえない程度に声は抑えろ」

「そんなこといっても……ぁ……っ」

左手だけはしっかり押さえつけたままキスを繰り返し、右手は解放して私の体に触れていく。

以前触れられたときよりもずっと体が敏感になっていて、指が掠っただけで、どこもかしこも甘く痺れてしまう。

(我慢なんて……無理だよ)

「耳が弱かったな」

「ふ、ぁ……っ」

唇で右耳が塞がれ、吐息と一緒に舌先がぬるぬると駆け回る。水音と息遣いが鼓膜を甘くふるわせ、どうしても声を我慢することができない。

「んっ、んっ……あぁ」

「駄目って言われると感度が上がるタイプか」

一旦唇を離し、今度は左耳を同じように攻めてくる。

「や……」

（ヤダヤダ、耳だけなのにアソコがむずむずしてきちゃう）

目を瞑って首を振る私の顔をそっと固定すると、今度は息もできないような深いキスを落としてくる。

「ふ……」

薄く唇を開くと、逃げるのを恐れるように舌先を絡めとられる。

まるで生き物のように口内で蠢く私たちの熱は、どちらのものともわからないほどにしっかりと重なり合う。

「っ、は……ぁ、とうま……さん」

「……胡々菜」

吐息の触れる距離で名を呼ぶと、斗真さんからも同じように呼び返される。

「俺を見ろ」

薄く目を開くと、そこには切なげに瞳を揺らす彼の姿があった。その彼の切羽詰まった表情に、胸がきゅんとなる。

（求めてくれてる、のかな……だとしたら嬉しい）

「何を考えてる」

「ん……斗真さんの知らない顔、見られて嬉しい……」

「お前……まだ余裕だな」

「——っ」

彼の大きな手が口を軽く押さえ、指が下腹部へするすると降りていく。

「んっ、んんっ」

たどられた先は、期待と羞恥が集中した場所で。

言葉を発する口が塞がれたぶん、そこは平常時より緩く開いているのがわかる。

「オイルも必要なかったな」

準備していたものがあったのか、斗真さんはくっと喉を鳴らして私の恥芯を指で優しく撫でた。

「っ！」

とっさに閉じかけた足に腕を滑りこませ、抵抗を宥めるように押し広げる。そしてゆっくり緊張が解けるまで愛撫を繰り返した。

「嫌じゃないか？」

「ん……」

（気持ちよくて変になりそう）

頷きで気持ちを返事すると、彼は濡れそぼったアソコへ指をゆっくり沈めていく。すると魔術にでもかかったようにビクリと背中が跳ね、じんわり子宮へと熱が広がっていった。

（何これ……頭がぼうっとする）

「やっぱ、感度よすぎ」

くくっと喉で笑うと、斗真さんはいったん指を抜いて、焦らすように下腹部と鼠蹊部《そけいぶ》の辺りを行ったり来たりさせる。

「あ……」

(それも心地いいけど)

もっと快楽の核心があるのがわかるから、両脚が待ちきれないようにモジモジ動き出す。

「……中に欲しいか？」

恥ずかしいながらもコクコク頷くと、彼はうんと頷いて私の口を解放した。

「もっと気持ちよくしてやる。じっとしてろ」

「えっ……？」

体勢を変えた斗真さんが一瞬視界から消える。

体を起こすタイミングもなく、両脚がゆっくり押し広げられた。

「斗真さん？　何を……や、そこは」

驚いて抵抗しようとしても、驚くほど強い力でホールドされる。

羞恥心は無視され、彼は私の秘芯を、今度は指ではなく舌先で愛し始めた。

「やぁっ、だめ……っ」

「……」

抵抗虚しく、舌先の愛撫はゆっくり確実に進められる。

ざらっとした舌先がそこを這うたびに、足先がビクビクと痙攣した。

「やだ……」

(こんなのあり得ない！)

そう叫びたくなるほど恥ずかしさは頂点に達していて、意味もなく涙が溢れる。

気持ちいいと思うのに、こんなのいけないことだという罪悪感が湧いてくる。

「や……やめて……恥ずかしすぎて……死んじゃいそうです」

「余計な思考が多すぎだ、俺のことだけ考えてろ」

くぐもった声が耳に届き、斗真さんは私の手をぎゅっと握った。

(あ……)

その温もりから私を安心させようとする気持ちが伝わってきて、また涙が溢れた。

「快楽に身を委ねろ」

「……ん、はい」

彼の手を握り返し、伝わってくる快感のほうへと意識を振り切ってみた。

すると少しずつ羞恥心が薄らぎ、代わりに斗真さんへの愛おしさが膨らんだ。

今の行為が、彼からの愛情表現だと感じた。

(会話は数えるほどしかないのに、彼から愛を感じるのは……どうしてだろう)

ぼんやりそんな疑問が湧くけれど、それもすぐに快感の波にかき消えていく。

最初鋭い性快が襲ってきていたそこが、次第にじわじわとぼんやりした波のようになっていき、それはどんどん広く大きな波となって迫ってきた。

(何か……くる)

「あっ、だめっ」

(これ以上は無理っ)

とっさに彼のサラサラした髪をクシャっとかき抱くと、花芯をちゅっと吸われた。

瞬間、腰から脳にかけて何かが弾けていく。

「あぁ――っ!」

頭が真っ白になると同時に上半身が弓なりに反り、私は耐えきれずに嬌声をあげていた。

「……は……はぁ」

がくりと四肢の緊張を解くと、彼は身を起こしてちゅっと頬や額にキスを落とした。

「イったか」

汗ばんだ顔に落ちる彼の熱い唇は、私の中に更なる火を灯すようだった。

「胡々菜……次はお前を感じたい」

(次……? そっか……まだ私しか感じてないんだ)

初めて〝イく〟という体験をした直後で、頭の中は霧がかかったみたいになっている。

理性がほとんど機能しない。

(どうすればいいかわかんないよ)

困惑していると、斗真さんは起き上がってデスクの引き出しから何かを取り出した。

（それって）

知識でしか知らなかった避妊具を目の当たりにし、ドキリとする。

「必要だろ」

歯でピッと袋を開け、彼は目を細めた。

「……よし」

どう装着したのかはわからないけれど、斗真さんは身を屈めて私を誘導する。

「俺の首に腕をかけろ」

「ん、はい」

「そのまま……力、抜くなよ」

子どもに算数を教えるような丁寧さで誘導し、斗真さんは私を自分の膝の上に乗せた。

向かい合わせになり、今まで見上げるだけだった彼の顔を正面から見つめる。

（う……わ）

微かに上気した精悍な顔、いつもは涼しげな瞳には熱がこもっている。

（この人と……本当に、するの？）

なされるがままにここまで誘われてきたけれど、本当に体を重ねると思うと、消えかけていた理性がぐんっと戻ってきた。

「また余計なこと考えてるだろ」

表情を読むのが得意なのか、彼は私が何も言わなくても心を言い当ててくる。

「か、考えてないです」

「嘘だな」

鼻を軽くつまむと、そのまま背中ごと引き寄せてぎゅっと抱きしめられた。

引き締まった胸板が私のなだらかなふくらみを押し潰している感覚に、せっかく緩くなっていた鼓動が再び高鳴っていく。

「胡々菜」

鼓膜を震わす吐息のような声に、返事より早く体が跳ねた。

「少しだけ我慢できるか」

(ここまで優しくしてもらったんだもの……少しくらい大丈夫)

たとえ痛みがあったとしても、斗真さんと繋がれるなら後悔なんかない。我慢できないほどのものじゃないという確信もある。

「はい、大丈夫です」

強く頷いてみせると、彼もうんと頷き、私の腰をそっと浮かせた。

「無理だったら背中を叩け。止まらなかったら爪で引っかいてもいい。……止めてやれないかもしれないが」

掠れた声が斗真さんの限界を感じる。

同時に私の中にも覚悟みたいなものが生まれた。

(これからのこと……絶対に後悔しない)

何度も愛撫されてすっかり潤った蜜壺に、驚くほど固く熱い先端が触れた。

ゆっくり自分がその熱の上に沈んでいくのがわかる。

「ぁ……っ」

狭い道を押し広げられていく感覚は、甘い痛みと切なさで言葉にならない。

（……熱い）

「大丈夫か」

「ん……」

耳元に囁かれる労りの言葉が、きゅうっと胸に響く。

熱いのは接している場所と胸の両方で、自然に目頭まで熱くなった。

「大丈夫、です」

どうにか言葉にして頷くと、彼も小さく頷いてさらに奥へと押し進む。

「っ」

息が止まるような感覚が来て、咄嗟に背中に回していた手に力が入った。

（大丈夫……まだ平気）

きっと痛みが最小限になるよう、かなりの時間をかけてくれたのだろう。

進んでは止まりを繰り返してくれたおかげで、次第に熱と悦びだけが私を満たしていった。

「少し動くぞ」

「はい」

すっかり心身が斗真さんを信頼しているのが自分でもわかる。

わずかに残っていた緊張を手放すと、送られる刺激は私を官能の渦に巻きこんでいった。

「んっ、ぁ……ん」

小刻みに揺さぶられながら、両腕は広い背中を捉える。

しっとり汗ばんだその皮膚の感触、耳元に届く熱い吐息、それらが一気に私の淫らな部分を開花させていく。

(こんな、気持ちいいなんて……)

「斗真さ……ん」

力を失っていた足を彼の腰に巻きつけると、斗真さんはハッとしたように動きを弱くさせた。

「違和感があるか？」

「ううん、そうじゃないです」

(もっと……してほしい)

言葉にすることができない気持ちをキスで伝えると、斗真さんはふっと笑った。

「そんなことされたら、理性が保てなくなる。いいのか」

圧迫感やら痛みやらが完全に消えたわけじゃない。

でも、それ以上に彼の体がしっかり触れて重なっている感覚が、泣きたいほど嬉しくて気持ちいい。

「いい、です。斗真さん……大好き」

（斗真さんの全部が欲しい）

「……胡々菜」

私の名を呟くと、斗真さんは今までの冷静さを捨てたかのように動きを激しくさせた。

「胡々菜、胡々菜……っ」

「あっ、斗真さ……あぁ……っ」

膝の上で初めての繋がりを確かめながら、私は必死にしがみつく。

（好き、大好き……っ）

もれる声がすべて心の中で〝好き〟に変換される。

はじめてなのに、もっと乱されたいという欲求が湧いてくる。

今まで恋だと思ってきたのは、全部違ったんじゃないかと思えるほどに、私の心も体も、斗真さんだけを求めていた。

（もっと……もっと……）

突き上げられるたびに腰の奥で熱が爆《は》ぜる。

「ふっ、んっ……はぁっ」

疾走しているかのように呼吸が上がり、景色が白くなっていく。

次第に酸欠で朦朧となり、今が夢の中なのか現実なのかも区別がつかない。

「斗真さ……私……変」

（波……さっきより大きい波にさらわれそう）

「そろそろか……」

中を支配する彼の熱は、存分な快楽を与えながら摩擦を強めていく。

「だ、だめ……っ」

おかしくなってしまいそうな思考をなんとか保とうと首を振っても、冷静さは徐々に失われていった。

(頭が……真っ白になる……)

私の唇を奪いながら、彼は乱暴なくらいに体を揺さぶる。

(あっ、くる……)

「胡々菜、一緒に……」

ひと極激しく最奥を貫かれたそのとき——

「ん、ぁぁ……んっ！」

ザザーっと白い波がさらうように私の体を快感が駆け巡った。

呼吸の停止と共に両脚がキツくこわばる。

「——っ」

斗真さんも私の背をぎゅうっと強く抱きしめ、二、三回、体を震わせた。

(斗真さんと……最後まで繋がれた……)

「……嬉しい……」

真っ白な頭でそれだけ呟くと、私は糸が切れた人形のように自分の体を制御する力を失った。

そして――

さーっと外に聞こえる雨音で目を開けたとき、まるで求め合ったことが嘘だったように斗真さんは服を着て静かに読書していた。

(あ、あれ?)

まさか全部夢だったのかと思いかけたとき、彼がふっと私に気づいて視線を上げた。

「起きたか」

本を閉じて椅子から立ち上がると、私の側まで歩み寄って微笑んだ。

「六時前だ。まだ痛みもあるだろう、起き上がらなくていい」

優しく髪を撫でられ、私はほっとして頷く。

(夢じゃなかった……)

「今日は一日ゆっくり休むといい。姉貴には適当に言っておく」

「ん……はい」

(別人みたいに優しい……不思議な気分)

斗真さんを受け入れた場所に痛みは多少あったけれど、それでも幸せな気分のほうがずっとずっと大きい。

じんわり満たされている私の頬を撫で、申し訳なさそうに言う。

「すまないが、俺はあと十分で出なくちゃならない」

「ありがとうございます。私が起きるのを待っていてくれたんですか?」

ベッドから起き上がりながらそう尋ねると、斗真さんは頷いて襟を正した。

「目を覚ます前に出かけてしまったら、また俺が消えたと思うだろ」

「そう、ですね」

(私が不安にならないように気遣ってくれたんだ)

言葉でいくらきついことを言っても、この人は行動が優しいのだと深く思う。

そのためには本当の想いがどこにあるのかよく観察しなくちゃいけない。

「嬉しいです」

素直にそう告げると、彼はちょっと照れた顔で視線を背ける。

「胡々菜のためだけじゃない。俺自身、いい加減、仕事に逃げるのをやめたいと思ってな」

「お仕事に、逃げる……ですか?」

「ああ」

こちらにちらと視線を戻し、彼は今までになく素直な言葉を口にした。

「医者は誰かに絶対的に頼られる仕事だ。手術を成功させるたびに、俺は自分の存在意義をそこに求めるようになった。気がついたら仕事以外には意味がないと思うようになった」

日常が仕事一色で、それでも自分の存在する意義をそこに見つけられたから、彼は直向《ひたむ》きにその世界にエネルギーを注ぎ続けていたみたいだ。

(体を壊したらよくないけど、それが彼を支えているものなら……悪いことじゃない)

「私は、斗真さんを応援します。誰かを救って、自分も救われる……すごく素敵なことじゃないですか」

「そうだろうか」

「絶対そうです！」

（当直の彼はイキイキしてた。普段もすごく頼りになるお医者さんなのは見なくてもわかる）

傷を抱えながらも誰かを救いたいという純粋な気持ちは素敵だ。

私は役に立てることがあるなら心から応援したいという気持ちを素直に伝えた。

「ふ……相変わらずポジティブだな」

くすくすと笑いながら、彼は私の頭をそっと撫でた。

「確かに仕事は俺にとって大事なものだ。それは変わらない……でも、これからはもう少し違うところにも意識を向けてみようと思う」

「そこには、私も入ってますか？」

「当たり前だろ」

いつもは意地悪な彼が珍しくポジティブな答えを返してくれた。

「じゃあ、そろそろ行く」

「あ、待ってください。玄関まで送ります」

（一秒でも多く一緒にいたい）

一緒に玄関の外まで出ると、熱された地面から湯気が立ち上っていた。

「行ってらっしゃい」

「ん……あ、そうだ」

斗真さんは傘をさして歩きかけて、こちらを振り返る。

「誕生日おめでとう」

彼は一旦戻ってくると、傘をさしたまま顔を寄せ……唇に甘いキスを落とした。

しっかり愛し合った私たちは、正式な恋人として付き合うこととなった。

(それでもまだ愛してるって言ってくれない斗真さんって、本当に頑固)

素直に好意を表現できないタイプらしいけれど、私を特別な存在だと思ってくれていると感じる。

それは理屈ではなくて、肌から通して得た感覚だ。

(以前の私ならこんな不確かな人を〝信じる〟とは言えなかったけど、今は……信じられる)

とはいえ、鬼のように忙しい斗真さんが私だけのために多くの時間を割けるはずもなく、仕事の合間に十分ほど通話するということを地味に重ねていた。

一度お別れの時間があったせいか、言葉を交わしているだけで安心している。

それでも〝会いたい〟〝触れたい〟という気持ちがないわけではなくて。肌を重ねた日のことを思い出しながら眠る日々だ。

悩んでいることといえば、まだ絵茉ちゃんにはきちんと報告していないことだった。おハルさんにはそれとなく伝え、喜んでもらえたけれど。

(絵茉ちゃんに伝えるタイミングは重要だよね)

斗真さん関連では不安定になりやすい子だから、もう少し外の世界に居場所を確立してからのほうがいいというおハルさんの意見には私も賛成だった。

絵茉ちゃんだけでなく、いずれ桐生家の人すべてに認められるといいな……と思っている。


そんなある日――

斗真さんから突然、休みが取れそうだからとデートの申し出があった。

「どうしたんですか？　急に」

『嬉しくないのか』

私が素直に喜ばないのが面白くないのか、明らかに声のトーンが低くなる。

（意外だけど、斗真さんて時々すごく子どもっぽい）

でも自分の前でだけ見せてくれる顔なのかと思うと、ちょっとニヤけてしまう。

「嬉しいですよ、もちろん。会いたいなんて言ったら重いかなって思って……言えてないだけです」

その答えに満足したのか、彼はため息まじりに笑った。

『会いたいと言っただけで重いなら、最初から声はかけない』

「そう、ですよね」

『ああ』

空気が和んだところで、斗真さんはデートコースは任せてほしいと言った。私は〝お願いします！〟と即答し、当日は彼の新しい滞在場所であるホテル『クロノスタシス』のラウンジで落ち合うことにした。

デートは二日後という急な約束だったから、とてもあれこれ準備する時間なんかなかった。それでも後悔しない程度には努力しておきたいと思い、私は前日の終業後に美容院の予約を入れた。

「お久しぶりです。今日はどのようにしますか？」

いつも担当してくれる美容師さんが、鏡越しに親しみある笑顔で尋ねてくる。

「毛先を揃えて、艶出し系のトリートメントしていただきたいです」

「それでしたらダメージを防いで艶出しもしてくれるいいトリートメントありますよ」

「それでお願いします」

あまり変化しすぎてしまったら、気合いを入れてきたと思われてしまう。

だからせめて〝髪、綺麗だね〞と言われるくらいの変化にしておきたい。

(コテで巻いてちょっとお嬢様風にしようかな)

そんなことを考えているうちに心がウキウキと弾んでくる。

今まで好きな人ができても、ここまで自分をよく見せたいと思ったことがなかったから、ちょっと驚いている。

(やっぱり斗真さんは私にとって特別なんだな)

彼にとって私はどれくらいの存在なのだろうか。

少なくとも、彼が付き合ってきた女性の中では一番興味深い存在だと言われている。でも、それが生涯を通して愛したいというほどの存在なのかは……怖くて聞けない。

考え事をしている間に髪はスッキリ整えられ、艶のあるサラツヤヘアになっていた。いつもはバレッタで留めている髪をすべて下ろしても暗い印象にならない。

「後ろで結べる程度にしましたが、いかがでしょうか」

「はい、ちょうどいいです」

大満足で美容院をあとにすると、私は直帰せずに閉店ギリギリのランジェリーショップに入った。

(何が起きるかわからない……一応ちょっとは可愛い下着をつけておきたい)

こんなことまで心配するなんて、斗真さんが聞いたら笑いそうだ。

でもすでに裸を見られてしまっている今、もう体を心配しても遅いわけで。そうなると、せめて下着を可愛くすることで魅力アップを目指すしかない。

(確かいい下着をつけていると自分への肯定感も上がるって聞いたような……)

そんな不確かな情報を言い訳に、私は今までの自分では買わないようなレースをあしらったキュートな下着をセットで購入した。バストも計り直してもらったので、サイズもぴったりでシルエットが自然になった。

「お似合いだと思います。もしお気に召したら色違いもお求めくださいね」

「はい、検討しておきます」

店員さんに笑顔を返し、私はいつになく上機嫌で帰宅した。

そんな私の浮かれ具合を見て、やっぱり絵茉ちゃんが何か勘付いたようだ。

「何かいいことあった？」

しばらく露骨な敵意を見せることがなかった絵茉ちゃんだけれど、私がオシャレを始めたことが気になったようでそんな質問をしてきた。

「んー、少し嬉しいことはあったかな」

「……お兄様、最近ちょっと変なのよね。それと関係ある？」
（ドキッ）
「変って、どんなふうに？」

「なんだろ。イキイキしてるっていうか、陽気になったっていうか……前みたいにクールじゃないときがちらほら……」

クールな彼が好きな絵茉ちゃんは、明るい様子の斗真さんに少し不満があるようだ。

「もしかしてココさんと何かあるんじゃないか……って」

（鋭い……）

斗真さんをずっと慕ってきた絵茉ちゃんだ。

些細な変化も見逃さず、不安な気持ちを抱えているんだろう。

（まだ私たちのことは言わないって斗真さんやおハルさんとも約束してるし。いずれ伝えるときがあるにしても……それが今じゃないことは間違いない）

少し心が痛んだけれど、私はこの場は嘘をつくことにした。

「斗真さんと何か、なんてあるわけないでしょ」

キッパリそう言うと、絵茉ちゃんはちょっとホッとして微笑む。

「ならいいの。あなたなんかがお兄様と……なんて、あるわけないものね」

「う、うん。それはそう」

(絵茉ちゃんからは釣り合い取れないって本気で思われてるんだな)

軽くショックだけれど、仕方ないと諦める。

きっといずれ自然に受け入れてもらえる日が来るだろう。そう信じたい。


わくわくしながら待ち侘びた斗真さんとのデート当日。

私は以前、斗真さんに選んでもらったミントグリーンのマキシワンピとオフホワイトのレースカーディガンを羽織り、足元にはブランドロゴのモノグラムと上質な革の合わせが可愛いミュールをコーディネートして、いつもの五倍はお洒落をした。

髪は自己流だけれど、コテでウェーブがうまく出せたので、一見するとそれなりのお嬢様に見えなくもないかもしれない。

(褒めてもらえるかな)

ドキドキしながら待ち合わせしたホテルのロビーに顔を出すと、斗真さんはソファに座ってその長い足を持て余すように組んで雑誌を読んでいた。

「斗真さん」

声をかけると、斗真さんは顔を上げ、目を細めて雑誌を閉じた。

「とりあえず座ったら」

「はい」

いざ面と向かって座ると、まるで初めて会った日のようにドキドキしてくる。

普段着とも違うし、仕事着である白衣とも違う。かしこまりすぎない程度の上品なスーツに身を包んだ彼は、やはりモデルさんオーラを出しまくっているように見えた。

(店員さんやロビーのお客様も、斗真さんをチラチラ見てるんだよね)

そんなことはお構いなく、彼は窓の外を見て肩を落とす。

「結構降ってるな」

「はい」

七月も後半に入っていた。

梅雨明け宣言はまだされておらず、折り畳み傘を携帯するのは当たり前になっている。

「胡々菜と一緒だと雨の確率が高い気がする」

「確かに……そうですね」

初めて車に乗せてもらった日も、疎遠になるきっかけになったあの日の朝も雨が降っていた。

「特に雨女、ってわけでもないんですけど」

「俺もだ。ってことは、二人が会っていると雨になりやすいってことか」

「そうかもですね」

(ちょっと嬉しい。だって雨だと、屋内でゆっくり過ごすのに理由が要らなくなるし……)

「なんでニヤニヤしてる？」

「ニヤニヤしてました？」

「出たな、自覚なし症候群」

「そんな病名ないですよね……」

むっと頬を膨らますと、彼はくっと笑って席を立った。

「とりあえず出るか」

「これからどこへ？」

ワクワクしながら尋ねると、彼は私をチラリと見て口元を緩める。

「雨の日にはうってつけの場所だ」

そう言って連れてこられたのは、最近新しく設立されたプラネタリウムだった。

寝そべって見られるペア席があるというので話題になり、私もそれはネット情報で知っていた。

(でもペア席ってすごい人気で、予約が取りづらいって聞いたけど)

「席ってどこですか？」

「最前列のあそこだ」

(わ、やっぱりペア席だ)

すでに到着している他の客たちは、仲よさげに寄り添いあって天井を眺めている。

斗真さんって、時々謎に大胆だ。こんな恋人感満載な場所に、抵抗なく寝そべれるのだろうか。

「チケット取るのにえらく時間がかかったが、これならゆっくり見られそうだな」

「そ、そうですね」

鬼のように忙しい彼がこの席を取るのに頑張ってくれたと思うと、それだけでほっこりしてしまう。

小さなドームのような席に横たわると、外にいるという感覚が薄れて、天井に流れている文字やイラストが空間に浮遊しているように見えた。

「……不思議な感じ」

「上映される内容もなかなか面白そうだった」

遠慮なく私の横に身を横たえると、斗真さんは早速目を閉じた。

（まさかこれは……暗くなったら寝ちゃうパターン？）

「斗真さん、起きててくださいね」

声をかけると、彼はこちらに顔を向けてニヤリとした。

「夜勤明けで寝るなっていうのは拷問だな」

思った以上に顔が近くて、斗真さんの大きな黒目がキラキラ星のように光っているのまで見えてしまう。

（こんなアップでも解像度が下がらないお顔って……すごい）

心拍数が上がりすぎて私はそのままフリーズしたように動けなくなった。

すると彼は視線を逸らして天井を眺めながら、私の手をそっと握った。

「っ、あの……」

「俺が寝たら強く握って起こしてくれ」

（あ……そういうこと？）

とは思ったけれど、何も指を絡めて握る必要はない気がするけれど。

おかげで手汗が出てないか気になるし、肩越しに感じる斗真さんの体温や小さく聞こえる呼吸音などでどんどん心音が高鳴っていく。

そうこうしている間に館内が真っ暗になり、上映が始まった。

「わ……」

視界いっぱいに映った星は、子どもの頃に見た降るような星空を完全に再現していた。

まるで宇宙空間に飛び出したような、ふわふわした感覚になってくる。

（ちょっと怖いな）

心許なくなって握っている手に力を込めると、斗真さんがふっと目を開けた。

「……起きてるって」

「あ、すみません」

（起こすつもりじゃなかったんだけど）

とはいえ、斗真さんが一緒にいると感じたら急に怖さはなくなって、そのあとはナレーションなども聞きながらしっかりプラネタリウムを楽しめたのだった。

プラネタリウムを出たあとは、斗真さんが時々利用するというフレンチレストランに行き、そこで上品なランチタイムを過ごすことになった。

ビルの最上階にあるレストランからの眺めは、たとえ雨という天候でも独特の風情があった。そこじゃないと見られない俯瞰の景色は、自分という存在が実は小さいものなんだなと思わされる。

「ここ、よくいらっしゃるんですか？」

「たまにな。個室があるから、一人で来ても気が楽なんだ」

「一人で美味しいものを味わえるって、素敵ですね」

素直にそう言うと、斗真さんは一瞬目をパチクリしてから笑った。

「胡々菜は意外な角度から褒めてくるから、新鮮な気分になる」

斗真さんはリラックスした表情でそう言い、運ばれてきた食前酒のワインで乾杯した。

「今日は付き合ってくれてありがとう」

「いえ、誘ってくださってありがとうございます」

美味しい赤ワインを喉に通すと、葡萄《ぶどう》の成熟した香りが鼻に抜けた。

とろりと液体が胃に落ちたかと思うと、ふっと緊張感が抜けていく。

「美味しいワインですね」

「葡萄《ぶどう》の品質がよかった年のものだからな。悪くない」

慣れた手つきでグラスの中のワインを揺らしながら、彼は風味を楽しんでいる。

「斗真さんって、ワインも詳しいんですか？」

ビール瓶のコレクションを見てから、私の中で彼は結構なお酒マニアとなっている。

でも、斗真さん自身はそれを否定した。

「誤解してるみたいだが、別に酒を毎日飲まないといられないとかそういうんじゃない。息抜きに飲むと、ガチガチの頭が少し柔らかくなるだけだ」

「わかります。私も疲れるとケーキのホール買いとかやっちゃいますもん」

「……それとは違う気がするが」

顔を見合わせて、思わず同時に吹き出してしまう。

(今日の斗真さん、優しくて好きだな)

いつになく会話も弾んで、楽しい時間が過ぎていった。


レストランで案外長い時間をゆったり過ごしたせいか、もう夕方に近い時間になっていた。

「ここから少し行ったところにブックカフェがあるんだが、そこまで歩けるか？」

「はい、もちろんです」

(ブックカフェ、初めてだなあ。楽しみ)

私たちはそれぞれ傘をさしながら雨の中を歩き始めた。

傘があるせいでうまく距離を縮められないのは焦れったい。

(でも、黙って雨の中を並んで歩くのも悪くないな……)

なんて思っていたそのとき、斗真さんの胸ポケットで着信音が鳴った。

「切るのを忘れていた……」

「いいですよ、出てください。急ぎかもしれないし」

「すまない」

電話に出た彼は一瞬顔色を変え、そのまま少し離れた場所で小声で何やら真剣に話をしていた。

(病院で何かあったのかな)

ちょっと不安な気持ちでいると、さしかかった公園の中から小さな子猫の声がした。

親猫を探して戸惑っているような、か細い小さな声だ。

「どこだろう。猫ちゃん？　公園の中なの？」

『ミャー……』

(雨に打たれてたら、体力が奪われちゃう)

公園の入り口を探して歩き出すと、通話を終えた斗真さんが私に追いついて言った。

「胡々菜、どこに行くんだ」

「猫がいるみたいなんです。私、ちょっと様子見てきます」

入り口を見つけて、そこに踏み入ると、彼は驚いたように声を大きくする。

「行ってどうする気だ？」

「まだわかりません。でも、捨て猫かもしれないので」

そのまま公園に入りこみ、生垣の袂で震えている子猫を見つけた。

チャトラの可愛い子猫だった。首輪をしているから、きっと飼われているのだろう。

「おうちに帰れなくなったのかな？」

持っていた大きめのハンカチを開いて、その子をキャッチする。

(あ、よかった。体はしっかりしてるし毛の艶もいい)

濡れた体を拭いていると斗真さんが目の前まで歩いてきて、呆れたように私を見下ろした。

「連れて帰るのか？」

「数日様子を見ます。飼い主さん、来るかもしれないし」

(とりあえず雨の当たらないところに避難させて、餌を少しあげていこう)

そう決意して立ち上がると、斗真さんが冷たい表情で私を見下ろしていた。

「……斗真さん？」

「そんなの、どうせ死ぬ」

「そ、そんなことないですよ！」

(なんでそんなこと言うの？)

いつも誰かの命を救っている人の言葉とは思えなかった。

「こまめに見てあげればすぐ死んじゃうとか、ないですから」

「……無駄だ」

「っ！」

その冷たい言葉に、心臓が縮むような感覚が襲った。

せっかくのデートを台無しにしたくない、でも今はニコニコできない。

「なら、斗真さんだけ先に行ってください」

私は震える猫を抱き上げ、斗真さんを睨んだ。

「斗真さんは人間は救うけど、猫はそうしなくていいって思ってるんですか？」

「………」

意外にも傷ついた表情を見せた彼に気づき、私は慌てて頭を下げた。

「わ、私……せっかくのデートを……ごめんなさい」

「謝らなくていい。俺も少しカッとしすぎた」

斗真さんは一度傘を外して雨を浴びながら、ふうと深い呼吸を吐いた。

「……雨が止まないな」

「そう、ですね？」

(脈絡のない話。話題を逸らしたい……のかな)

「まだ降りそうですね」

私の答えを聞いて斗真さんはくすっと笑い、あとどれくらいかかるのかと尋ねた。

「ええと、あと十五分くらいですかね。子猫を安全な場所に連れていって餌を少しあげて……」

「ならその餌は俺が買ってこよう。何がいいんだ？」

「じゃあ、猫用のドライフードと水と紙のお皿と……ビニール袋をお願いします」

「わかった。ついでに寒さ避けのダンボールも探してこよう」

「ありがとうございます！」

斗真さんは気持ちを切り替えたようで、いつもの冷静な彼に戻って対応してくれた。

餌をあげたあとは後始末をして、子猫がとりあえず寒くならないようダンボールに入れてあげた。

(明日から数日、様子を見にきて、飼い主が見つからないなら保護しよう)

一人で淡々と行動し始めると、斗真さんは何も言わず黙ってその様子を見ていた。

彼が何を思っていたのかは、全くわからない。

(私も怒りすぎてしまったけど、斗真さんの態度だって酷かったと思うし……これ以上は謝れないよ)

結局彼はそれが終わると、ブックカフェには寄らずに黙ってお屋敷まで送り届けてくれた。

助手席側のドアのロック解除の音を聞き、私は斗真さんを見た。

「部屋に戻らないんですか？」

「ああ、俺はホテルに戻る。濡れただろうから早めに風呂に入って温まるといい」

前を向いたまま機械的にそう言った斗真さんの声には元気がなかった。

(本当に何かあったのかな)

心配したけれど、何も言葉が出ない。

「送ってくださって、ありがとうございました」

お礼だけ告げて助手席を降りた。すると、彼はウィンドウを下げて言った。

「今度、今日のリベンジさせてほしい」

(えっ)

まさかの次のデートの申し込みだった。

「胡々菜に嫌な思いをさせたのは全部俺のせいだ。悪かった」

「そんな。斗真さんが謝ることないです」

（私も悪かったし……）

「ならまた付き合ってくれるか」

「もちろんです。日程は斗真さんに合わせます」

「ありがとう。また連絡する」

寂しげな笑顔を残してドアが閉まり、そのまま彼の車は雨の中に消えていった。

（あの電話のあと、急に斗真さんの雰囲気が変わった気がする）

何かネガティブな情報が入ったのかなとは思ったけれど、確かめることもできない。

（次回のデート……いつになるかわからないけど、そのときに聞けたらいいな）

どことなく後ろ髪を引かれる気持ちを残しながら、私はお屋敷へと戻ったのだった。


翌日。

会社から帰ると、お屋敷に私宛の花束と荷物が届いていると田嶋さんが伝えてくれた。

「誰からですか？」

「斗真様からです」

「ええっ」

昨日デートしたばかりなのに、今日花束が届くなんて。どういうこと？

見ると、それは愛らしいピンクと赤のアマリリスをミックスさせた美しい花束だった。

「お誕生日のお祝いだとお届けの方が言ってらっしゃいました」

「誕生日の？」

（おめでとうって言ってくれただけで嬉しかったのに）

こんな素敵な花束は、贈ったことはあっても受け取ったのは初めてだ。私はそれを腕に抱きながら嬉しさに胸が震えた。

「綺麗……」

（朝、急いで贈ってくれたのかな）

普段の斗真さんからは想像もつかない行動だから、どんなふうにお花屋さんに伝えたのかなとか気になってしまう。

花束をまじまじと見つめていると、カードが添えられているのに気がついた。

中を見ると、短い言葉が手書きで認められている。

〝明日は晴れるだろうか〟

「……？」

（そういえば昨日も〝雨が止まないな〟とか急に口にしてたけど……何か意味があったのかな）

斗真さんからのメッセージだと思うといても立ってもいられなくなり、私は急いで花束を用意してもらった花瓶に生けてからスマホでその言葉の意味を検索した。

その結果――

『俺の想いは君に届いているだろうか』

というのが言葉の意味だと判明した。

さらに〝雨が止まないな〟には『もう少し一緒にいたい』という意味があると書かれている。

（愛情表現がわかりにくい彼の心の中に、こんな本音が隠れていたんだ）

急激に頬が熱くなって、体を重ねたときのドキドキが蘇ってくる。

（私ってば、期待外れな答えばっかりしてたよね）

文学に精通していないことで、えらくもどかしい思いをさせてしまった。

（でも……）

「ちゃんと気づいたんだから……返事しよう」

そう決意し、私は久しぶりに紙に文字を書くという作業をした。

カードにはブルースターが散りばめられているものを探し当て、お気に入りの万年筆で短い文字をゆっくり丁寧にしたためる。

〝花束ありがとうございました。間違いなく晴れますよ〟

『お気持ち、ちゃんと届いてますよ』という意味だ。

これで問いかけの言葉への返事になるだろう。

さらに私は我慢できなくて、次のデートを楽しみにしてますと添えた。

（次回はきっと楽しいデートになる）

そう確信し、私はカードを入れた彼宛ての封筒にそっとキスをした。

次のデートはまだ叶っていないけれど、私の心は穏やかだった。

言葉にしなくても、斗真さんとはもう心が繋がっているような……そんな確信めいたものがあったからだ。

（斗真さんの負担にならない、待てる女になりたいな）

一日一日を丁寧に過ごしていた私は、とうとう公園で見かけた子猫を保護しようと行動に移した。

ペットケージを購入し、毎日様子を見に行っている公園に向かう。

（人慣れしてるし病気もなさそうだし、きっとすぐもらい手が見つかりそう）

それでもまだ、飼い主が探しているかもしれないという可能性が拭えない。

（でも今日で三日目だし。もしまだいるようだったら一応保護しようかな）

そう思って、今日意を決してここにやってきた。

ところが――

「あれ、いない？」

いつも私が行くと顔を出すのに、今日はにゃんともすんとも言わない。

もしや、私の前に誰かが保護したんだろうか。そう思っていると、少し離れたところで猫の鳴き声と女性の声が同時に聞こえた。

「ごめん……ツキちゃん！　ほんっとうにごめんね」

（泣いてる？）

声のするほうを見ると、ロングヘアの女性が猫を抱えて肩を震わせている。

その女性はどこかで見たことのある顔で……

(あれ、斗真さんと居酒屋で話していた人じゃ？)

急に心臓がドキドキしてきて、声をかけようか躊躇った。

でも彼女があんまり悲しそうにしていて、黙っていられなくなる。

「あの……その子、元気ですよ」

遠慮がちに声をかけると、その人は猫を抱きしめたまま頷く。

「はい。よかったです……もう五日も経ってるから……いなくなってるかなって思ってました」

(もしかして)

「飼い主さんですか？」

「そうです」

ようやく顔を上げたその人は、とても青ざめた表情で私を見上げた。

「ツキちゃんに……この子に餌をあげてくださっていた方ですか？」

「はい。その子、ツキちゃんっていうんですね」

(お医者様っていうには、すごく華奢な感じの人だな)

「飼い主さんが来てくれてよかったです」

ケージを下におろすと、彼女は思わぬことを口にした。

「連れて帰るかどうかは……まだ悩んでて」

「え、どうしてですか？」

「同棲している彼が、強引にこの子をここに捨ててしまって……」

「酷い！」

「ですよね。でも、彼と一緒にいる以上連れて帰るのは難しいんです」

どうやらツキちゃんと彼女の生活の中に、とんでもなく横暴な恋人が乱入してきたらしい。

私は瞬間的に憤りを感じたけれど、怒っても仕方ないと思い直す。

「本当は、ツキちゃんを放ってはおけないんですよね？　恋人が大事にしている存在を大切にできないなんて……その方あんまり……」

いい人じゃない、と言いかけてハッとする。

「すみません！　余計なことを言っちゃいました」

「いえ……相談した同僚にも同じことを言われました」

(相談……もしかして……)

斗真さんがあの日、愚痴を聞いていたと言っていたのを思い出す。

この女性がただ愚痴を言うだけの人には思えない。

(あの日も、その横暴な恋人について相談してたんじゃ……)

彼女はツキちゃんのクリクリとした目をしばらく見つめていた。ツキちゃんは喉をゴロゴロ鳴らして、いかにも安心したように目を閉じている。

と、次の瞬間、彼女はワッと大きな声で泣き出した。

「無理だよ。やっぱり無理！　ツキちゃんは……一番信頼している、私の大切な家族なんだもの」

「……」

私が何も言わなくても、彼女の中でようやく決意が固まったようだった。

ツキちゃんを抱きながら、私のほうを見つめる。

「私、この子を連れて帰ります」

「恋人さんのこと……大丈夫ですか？」

（連れ帰った途端、また捨てられるとか……ないよね）

一応心配で尋ねると、彼女はブラウスの袖で涙を拭いながら深く頷いた。

その表情には固い決意が見られたので、私も納得して頷き返す。

「よければこのケージ、使ってください」

元々この子を保護しようと思って用意したケージだ。全く問題ない。

「ありがとうございます！」

彼女は私に深くお辞儀をし、小さく鳴いたツキちゃんをケージにそっと入れる。すると怯えていたツキちゃんはどこか安心した様子で丸くなった。

それを見て、彼女は吹っ切れた顔で微笑んだ。

「同僚にアドバイスされたときは頷けなかったんですけど、彼が正しかったんだなって今、心から思いました」

（彼……！ってことは、やっぱり斗真さんが相談相手だ）

そう確信し、思いがけない縁に驚く。

「その人も私と同じことを？」

「ええ。恋人が大事にしているものを大切にできない人とは一緒にいる価値ないんじゃないか……って」

彼女は意志を固めた強いまなざしで私を見た。

「彼に出ていってもらいます。出ていかなかったら、ツキちゃんと一緒に私が家を出ます。そう……ずっと前からそうすればよかったんですよね」

彼女の目に涙は浮かんでいたけれど、もうそれは悲しみの色ではなかった。

（きっとツキちゃんが彼女を守ったんだ……間接的に斗真さんも私も、偶然関わったのは不思議だけど）

私にはそれ以上何も言えなかったけれど、ツキちゃんが彼女の持つケージの中でじっとしているのを見送りながら、心から幸せになってほしいと思った。


思いがけず斗真さんの優しさを知り、私はお屋敷に戻りながら無性に彼の声を聞きたくなっていた。

（私から連絡がほしいって言うことはほとんどないけど……）

少し躊躇したあと、思いきって〝電話していいですか？〟とメッセージした。

すると意外にもすぐに彼のほうからかかってきて、驚く。

『何かあったのか』

「いえ、何もないですけど。ただ、久しぶりに声が聞きたくて……」

(くだらないことでかけてくるなって怒られそう)

でも斗真さんが怒る気配はなく、安心したように深い息を吐いた。

『何もなくてよかった』

(心配してくれてたんだ)

ホッとして話を続ける。

「先日はお誕生日の花束、ありがとうございました」

花束のお礼を改めて言うと、彼は照れくさそうに笑う。

『当日は何もしてやれなかったからな』

「すごく嬉しかったです」

さりげない会話を少ししたあと、彼は次のデートは三日後くらいに叶いそうだと言った。

私が有休を取って合わせる必要があるので、そこは申し訳ないと思っているらしい。

「三日後、大丈夫ですよ。私、滅多に有休取らないので」

『そうか……ありがとう』

愛はあまり語らないけど、お礼は言ってくれる人だ。そんなところも斗真さんらしい。

(あ、そうだ)

私は斗真さんが気にしているかもと思い、公園で見つけた猫はちゃんと飼い主のところへ戻ったと伝えた。

『そうか、よかった。そろそろ胡々菜が連れて帰ったかと思っていた』

（やっぱり気にかけてたんだ）

「飼い主さんも安心してました」

（同僚の方が飼い主でしたよ、なんて今は言わないほうがいいかな）

無事に飼い主が見つかって、不安はなくなったとだけ伝えた。

『よかったな』

「はい」

最初の頃の印象は影をひそめ、私にとって、斗真さんはこの上なく優しい人という認識に変化していた。

（この人を好きになってよかった）

「次のデート、楽しみにしてます」

『ああ、俺もだ』

ほんの数分の通話だったけれど、私は心から満たされていた。

自分から好きになった人と、ちゃんと言葉と心を通わせられるのは本当に嬉しいことだと実感する。

（結婚がゴールじゃない……今は斗真さんを好きでいられることが幸せ）

本心からそう思える自分が案外好きだな……とも思えていた。

前回のデートから十日後。

その日は花壇が見どころの公園を散歩する予定だったけれど、結局は大雨で……仕方なく斗真さんの新しい定宿のホテルへと引き返したのだった。

「今日も雨だな」

「そう、ですね」

前日は晴れていたというのに、今回もしっかり雨となった。本当に私たちは雨に慕われているのかもしれない。

(斗真さんと二人きりでいられるなら、私はそれだけで嬉しいけど)

私の心を読んだように、斗真さんはソファから動かずに私を見上げて言った。

「今日は部屋でゆっくり話をしよう」

「え……」

「この間のことも話したいし、胡々菜のこともいろいろ知りたい」

そう言って、彼は出口ではなく部屋に続いているエレベーターへと向かった。

(わわっ、心が通じたみたい。同じ気持ちでいてくれたなんて、嬉しいな)

以前にはない優しい空気を感じ、私は心を躍らせながら彼の背中を追った。

「失礼します」

斗真さんの新しい部屋は、以前より広めでさっぱりしていた。

書籍もビール瓶のコレクションもなく、窓際に綺麗な花だけが飾ってあった。

「前のホテルの部屋と、かなり雰囲気が変わりましたね」

「そうか？　滞在してまだ日が浅いせいだろ」

くすりと笑うと、彼は私に大きめの椅子を勧めてくれた。

「寒くないか」

「はい、大丈夫です」

唐突にベッドに向かうのではなくて、ホッとして腰を下ろす。

「コーヒーとお茶どっちがいい？」

「あ、じゃあコーヒーを……」

「了解」

デミタスマシンで淹れたコーヒーを私に手渡すと、彼はベッド脇にあったスツールに腰かけた。

「さて……と」

「はい」

何やら面接みたいな空気になっていて、私たちは顔を見合わせてからぷっと笑った。

窓の外では雨足がさらに強くなり、見えるはずのビル街も靄《もや》の中に沈んでいる。

(でも雨の日はこうして屋内で一緒にいる理由になるから嬉しいな)

「そう言えば猫の飼い主が見つかったの、よかったな」

「そうなんです！　大事な家族のところに戻れたみたいです」

そのときの話を一通りすると、斗真さんは嬉しそうに頷いた。

「大事な家族……か」

小さくそう呟くと胸ポケットから何か取り出し、私のほうへそれを差し出した。

「なんですか？」

「手を出して」

「は、はい」

手のひらを出すと、ポトンと見覚えのあるネックレスが落ちてきた。

（こ、これは……）

「なくしたと思ってた、ロケットペンダント!?」

「それでよかったか？」

ロケットを開くと、幼い私と若い両親がにこやかに笑っている写真が入っている。

それを見た途端、胸が熱くなって涙が溢れた。

「探してくれたんですか？」

「時間がかかったが、胡々菜があの日歩いていた場所に何度も通ってみたんだ。そしたら生垣の奥の見えづらい枝に引っかかっていた」

「生垣の奥……」

（私も同じ場所を探したけど、見つけられなかった）

かなり見つけづらい場所だったのだ。だから、斗真さんが本当に一生懸命探してくれたんだとわかる。

（私、何も知らなかった……）

「前回のデートの日に渡そうと思ってたんだが。あの日は途中でとんでもなく落ちこむ報告が入って……渡しそびれた」

「落ちこむ報告って、もしかして……」

「ああ、あの公園で出た電話だ」

斗真さんが電話に出ている間に私が子猫を見つけて喧嘩になって……そのままになってしまったときのことだ。

いつも無敵感のある斗真さんが、落ちこむことがあるなんて意外だった。

（そんなにショックなことだったんだ）

「よければ話してもらえますか？」

「ああ」

斗真さんはコーヒーカップを見下ろしながら、そのときのことをゆっくり話してくれた。

「あの電話は、執刀を担当した患者が、転院先で亡くなったという報告だったんだ」

「そう、だったんですか」

（それはショックだったろうな。言ってくれたら、私もあんなトゲトゲした言い方しなかったのにな）

とはいえ、斗真さんの中でもそれは軽々しく口にすべきことではなかったんだろう。

私はそのまま黙って彼の話を聞いた。

「どんなに成功したと感じた手術でも、結局回復できるかどうかはその患者の力にかかってる。俺は……ほんの少し治る可能性を提示できるだけなんだ。それを……嫌というほど思い知った」

「斗真さん……」

「思い通りにならない現実に勝手に腹を立てて、虚しくなって。あのときはつい胡々菜に当たってしまった」

憎まれ口ばかりだった斗真さんが私に軽く頭を下げた。私は彼の隣に座り直すと、膝に置いた手をぎゅっと握った。

（私、すごく酷いことを言ってしまったんだな）

勝手に冷たい人と決めつけて、先に帰ってほしいなんて言ってしまった。

「あのときは勝手にいろいろ決めつけてしまって、思いやりが足りなかったです……ごめんなさい」

「俺が言わなかったのが悪いんだろ。なんで胡々菜が謝る」

困った表情をしながらもクスクスと笑うと、彼はそのまま顔を寄せてそっと頬にキスをした。触れた唇が温かくて、私はそのまま自分からもキスを返した。

「胡々菜……？」

「ペンダント、見つけてくれてありがとうございました。値段にしたら五千円もしないんですけど……私には値をつけられないほど大切なものだったので」

一度尋ねただけどペンダントのことをちゃんと覚えていて、探し出してくれた斗真さんへの信頼は私の心の理屈ではない深い部分まで浸透した感じがする。

「斗真さん……言葉で伝えると浅いって言われそうですけど、私……あなたを尊敬してますし、側にいたい……って思います」

たどたどしい私の告白を受け、斗真さんはコーヒーの入ったカップをテーブルに置いて私のほうを向き直った。

「そう思ってるなら、もっと側に来い」

そっと私の肩を抱き寄せ、髪にキスをする。

（あ……）

髪から淡雪のような繊細な刺激が体に伝わる。

たまらず頬を寄せると、彼の引き締まった胸からトクトクと規則正しい心音が聞こえた。

「斗真さん」

そろりと視線を上げると、返事の代わりに彼の顔が近づいてくる。

私は高鳴りの止まらない自身の鼓動を感じながら、彼の熱が重なるのを待った。

「ん……」

期待した熱は啄むように触れて離れる。

かと思うとすぐに戻ってきて、また啄《ついば》む。

焦らすようなキスに急いた気持ちが膨らみ、〝もっと〟と言いそうになる。

（意地悪なキス）

私から強めにキスを返すと、応戦するかの如く彼からも深いキスが戻ってきた。

「ふ……っ」

思わず開いた唇の隙間から熱い舌先が滑りこみ、誘われるままに私はそれに縋りついた。

「は、ぁ……ん」

舌先の攻防があり、次第にその熱の境がわからなくなっていく。

溶けそうなキスの応酬の中、斗真さんの手は私のブラウスにかかっていた。

「あっ、それはまだ……」

咄嗟に手を止めると、彼は耳にキスをして囁く。

「このタイミングでシャワーなんか浴びてられるか」

やや冷静さを欠いたその声音は、下腹部に響くような艶を帯びていた。

その甘い囁きに力を奪われ、私は呆気なくベッドに押し倒される。

（このまま……？）

ぼうっとなる私の髪を撫でながら、彼は優しいキスの雨を降らせた。

額、まぶた、鼻先、頬……と、触れていない場所がないのではと思うほどにキスで満たしていく。

同時にボタンがすべて外され、胸元へもキスが落ちた。

「心地いい、です」

「そうか」

斗真さんは愛おしげに目を細め、背中ごと私を抱きしめた。

いつもは消毒液の匂いがする襟足から優しいせっけんの香りが漂っている。

(どれも斗真さんの香り……)

首筋にちゅっとキスをすると、彼は体を離して戸惑った表情を浮かべた。

「どうしました?」

「今日はお前のほうが余裕があるように見える」

「そう、ですかね」

「ああ」

なぜか悔しそうな顔をするから、不思議さに首を傾げる。

(ドキドキしてるし、余裕なんかあるわけないんだけど)

それでもどこか悔しげに見える彼は、キャミソールの上から胸を包みこんだ。

「あっ」

ビクリと反応すると同時に頂を指で弄られる。子宮に刺激が伝わって、たまらなく切ない気持ちになった。

「このホテルの壁は厚い。声、我慢しなくていいぞ」

そう言うと彼はキャミソールとブラを一気にたくし上げ、あらわになった先端を吸い上げた。腰に強烈な刺激が走り、思わず声があがる。

「やぁっ」

「嫌なわけないだろ」

ふたつの蕾を交互に舌先で弄び、彼は私が感じる姿を観察しているみたいだった。

「ちが……そんな見ないで……あんっ」

「そのわりに気持ちよさそうだが」

彼は私が恥ずかしがるのを楽しんでいる。

その羞恥心が逆に秘部を濡れさせていくのがわかるから、どうにも抗えない。

強く抵抗しないのを確認し、彼は胸をいじめながら腰の辺りに手を這わせていく。そしてショーツに指がかかったところで、私は頭をもたげた。

「ま、待って」

（こんな明るい時間に……恥ずかしい）

「今日は雨がすべて隠してくれる」

夜の暗闇と同じということだろうか。

斗真さんは遠慮なくショーツを脱がし、濡れそぼった場所に狙いを定める。

そしてひだの奥に隠れていた、その小さく膨らんだ芯を優しく円を描くように刺激した。

「あん……っ」

鼻に抜けるような甘い声が口からもれる。

「いい声だ」

彼はくすりと笑うと、そこを撫でながら長い指を入り口へ侵入させた。

「あぁっ」

「痛みは？」

私が首を横に振ると、指を一気に奥へと進ませる。初めてのときよりほとんど抵抗なく、そこは指受け入れていく。

（気持ちい……い）

「もっと欲しいか」

「ん、はい」

「胡々菜は案外エロいな」

彼はお仕置きのように胸の先端をキュッと摘まんだ。

「あんっ！」

痛みに似た快感で体が跳ね、また新しい刺激が記憶に刻まれる。

（恥ずかしいけど、やめるなんて無理なほど気持ちいい……）

私が恍惚となっていると、彼はさらなる刺激を加えた。

先端への刺激を繰り返しながら、中の指の動きを複雑にしていく。

「あっ、や……ぁ」

生き物のように中でうねる指の動きに、あっという間に思考が停止した。

（変になりそう）

とっさに愛撫から逃れようとするも、すぐに引き戻され、指の挿入が深くなっていく。

「あぁんっ」

（熱い……子宮の中に熱の塊があるみたい）

言葉にならない言葉が胸に迫《せ》り上がってきて、目には涙が滲んだ。

すると、斗真さんは意地悪く笑って私を見下ろした。

「欲しいか」

「ん……」

「ならそっちから具体的にお願いしないと」

その言い方が悪魔めいていて、ジワッと下半身が感じてしまう。

（好きな人からこんな責められ方したら、正気でなんかいられないよ）

耐えられなくなった私は、生まれて初めてのおねだりをした。

「……くだ、さい」

「何を？」

（は、恥ずかしい……でも、もう無理）

「お願い……」

もう下はトロトロなのが自分でもわかる。

簡単に欲しいとか、そんな言葉を口にしたくなかったけれど。でも、その我慢はもう崩れ始めていた。

「お願いって？」

私が羞恥心を抑えてどうにか言葉にしているのに、彼はまだ冷静な表情で私を見下ろしている。

一見冷たい表情だけれど、瞳の奥には燃えたぎるような炎が見えた。

（なんて魅惑的な悪魔……）

渦巻くエゴの力を感じながらも、私はそれに抗えず懇願していた。

「お願い……全部してください。斗真さんのすべてを……ください」

彼はようやく微笑んで私の髪を撫でた。

「もちろんその願いには応えてやれる……が、今日は胡々菜を壊すかもしれない」

「こわす……」

「泣いてやめてほしいと言っても、やめられないってことだ」

軽いサディスティックなその雰囲気に、私は流石に少し震えた。けれど、その先にある快楽に溺れたい気持ちも同時に湧きあがっていた。

「……いいです」

（壊れたって）

「斗真さんを……感じたい」

震える声でそう答えると、斗真さんは眉根を寄せて余裕のない表情を浮かべた。

「今の言葉、撤回なしだ」

斗真さんは体を起こすと、自身のシャツを乱暴に脱ぎ去った。そして素早く避妊具を装着し、私の両脚の膝に手をかける。

「あっ」

一気に押し開かれると同時に無防備な花弁が晒され、ハッとなる。

（っ、恥ずかしい……っ）

反射的に閉じようとするも、しっかりと固定されて抵抗ができない。

「欲しいんだろ？」

「そ……れは」

（もちろんだけど……）

これがどういう気持ちなのか、自分では判断がつかない。

まだまだ未知なエリアの感覚に、戸惑っているみたいだ。

「欲しいんじゃなかったのか？」

戸惑ったまま黙って首を振ると——

「そんな顔されたら制御が効かなくなる」

ふっと表情を緩め、思いついたように呟いた。

「視界を変えよう」

「な、何を……わ……」

「怖いとか嫌な感じがしたらすぐにやめる」

彼は私の腰を抱え上げ、軽々と方向転換させた。

視線の先はホテルの壁で、後ろの彼が私に命令をくだす。

「そのまま前に手をついて」

「……こ、こうですか？」

「そう。そのままゆっくり背を反らして」

緩く背中を押され、そのまま前に手をつく。

（この格好……）

それは一人でストレッチをするとき以外は取らない、四つん這いの体勢だった。

「やです、こんなのっ」

お尻を彼に突き出しているのが耐えられなくて膝を崩そうとしても、それを阻止するようにしっかりと腰を固定されてしまっている。

「どうなってもいいんだろ」

（そう言ったけど……）

恥ずかしさで後ろを見られない。

それでも変わらず、後ろからは冷静な声が降ってくる。

「心配するな、ここはもう大丈夫だと言ってる」

トロトロになった部分を指で弄りながら、斗真さんは私の反応を窺っている。

そんな言い方をしても、やっぱり嫌だと言ったらやめてくれるんだろうというのが伝わってきた。

（斗真さんに身を委ねるって決めたんだ……もう抵抗するのは諦めよう）

観念して体の力を抜くと、彼も腕の力を抜いた。

そして自身の猛った場所へと私の手を導く。

「触れてみるか？」

私の片手をそっと彼の猛ったものに触れさせる。それは彼とは別の生き物のように熱をもって脈打ち、驚くほど硬かった。

（こんなにも、私に反応してくれてるんだ）

それが妙に嬉しくて、なぜか涙がこぼれ落ちた。

涙を拭う私を見て、斗真さんは驚いた様子で私の手を離す。

「嫌だったか？」

「いえ……嬉しくて」

「嬉しい？」

「求めてもらえてるんだ……って思ったら……」

「……」

斗真さんは一瞬沈黙したあと、私の背中を撫でてから腰を抱え直した。

「男は欲だけでもこうなる。勃ったから愛されてる、なんて間違っても思うな」

「斗真、さん？」

「最初っからそうだったが、お前はチョロすぎる」

「っ」

「俺が監視してないと」

「それって、どういう……あっ」

言葉を遮り、彼は無防備になった秘部を貫いた。

「あぁっ」

「熱いな」

「んっ、んっ、んぁっ……ん」

腰が打たれるたび、体が前のめりに倒れそうになる。脊髄を通って脳に最速で響くその刺激は、抱き合ってしたときとはまるっきり違う感覚だった。

「痛みはあるかと」

「だ、大丈夫……です」

痛みというより甘い摩擦。

そのじんわりと温かな熱が下半身に広がり、信じられないほどの快感が体を突きぬける。

(斗真さんとまた繋がってる……嬉しい)

まだ安心できる付き合いじゃないのに、心のどこかで、この人と別れることなどないようにも思っていた。

それは私が心の底から斗真さんを愛してしまった証拠なのかもしれない。

「速くするぞ」

「はい」

たっぷりと溢れ出た潤滑油が彼の熱を軽々と何度も飲みこむ。

蠢く肉壁は、意図とは関係なく私の最奥へといざなっていく。

「はぁ……あぁ、ん」

（気持ちいい）

言葉にならない幸せな感覚が、みぞおちの辺りに熱を発するように広がった。

斗真さんを好きだと思いすぎているせいなのか、どんどん私は行為に夢中になっていく。

「あ……ん、もっとぉ」

「……お願いだから、そんな顔は俺の前だけにしろよ」

厳しく釘を刺すようにそう言うと、彼は遠慮なく深い所を何度も突き上げた。そのたびに体を支えている腕がベッドを軋ませる。

「あっ、あっ、あぁ……っ」

（どうにかなっちゃいそう）

速度を抑えて出たり入ったりを繰り返していたけれど、途中、斗真さんは動きを止めて私を振り向かせて唇を深く奪った。

「は……ぁ、ん……ぅ」

キスをしながら、彼は入ったままで。

一体になった感覚がずっと続くのが、私にはたまらなく官能的で狂おしいほどの愛しさを感じた。

（斗真さん……好き）

そう自覚するたびに、子宮がきゅっと収縮するのを感じる。

「っ、締めるな……耐えられない」

「わかん、ない……です」

(もっと欲しい。もっとあなたが)

さらなる刺激を求めて、私はたまらなくなって身をよじって彼を見た。

「斗真さんの顔を見ていたいです」

私はどんな表情でそんな願い事を口にしたのか。

それは彼の余裕のなさげな表情から推測するしかなかった。

「欲深いな、胡々菜」

斗真さんは私をベッドに仰向けにすると、両脚を大きく左右に開いた。

そのあとは無言で前から貫き、動きを緩めることなく私を揺さぶり続ける。

「あっ、あぁ……」

引いては押し寄せる波のように、私の体を快感が行ったり来たりした。

顔にぽたりと斗真さんの汗が落ち、ハッと見上げた。

すると彼の表情から余裕が消えているのがわかり、私はさらに彼の背中に脚を絡めた。

「っ、胡々菜?」

「斗真さん、もっと……深く……」

「……おかしくなる」

切なげな声でそう吐き出すと、彼はパンっと最奥を突き上げた。

「んぁっん!」

前屈みになった彼は、私の頭を固定して何度も同じように突き上げてくる。

「あっ、あっ、ん……っ」

私は斗真さんの動きに合わせてなんとか呼吸をしていた。

お互いの汗ばんだ体はぴたりと重なっていて、もうどちらが自分だかわからないほど密着していた。

（またあの波が……きそう）

行為を繰り返し、ただただお互いの呼吸音を聴く。

鼓動は限界まで速くなり、私は夢中で彼の背中や髪を撫でていた。

「斗真さ……イっちゃいそ……」

「ああ……」

斗真さんの上品な艶声が、絶頂を近づける。

彼のそそり立ちが、その頂点を誘うようにどこまでも深い場所へ迫った。

「胡々菜、もう――」

「ん、きて……ください」

頬にキスすると、彼はまさに壊すような激しさで私を何度も貫いた。

「あぁっ、や……あぁん……！」

目の前に白い花びらが舞い、それが一気に光となって乱舞し始める。

（もうだめっ）

もう本当に限界だと思ったそのとき。
「――っ」
斗真さんは一瞬声をつまらせたあと、背中をぶるりと震わせた。
中で彼の熱が脈打つのを感じる。
（斗真さん……っ）
背中に強烈な快感が駆け上る。
それは私の体を数秒緊張させたあと、潮が過ぎ引くように緩んでいった。
「……っ、は……ぁ」
「胡々菜……」
達したあと、斗真さんはしばらく私を抱きしめながら声もなく肩で息をしていた。
すべてを解放した感覚は心地よくて、心も体も羽が生えたかのように軽い。
（ずっと一緒にいたい……あなたと一緒に……）
この感覚は一緒にいることの喜びという以外に表現のしようがなかった。
（愛を口にすると薄っぺらくなるって言った彼の気持ちも、ちょっとわかるかも）
今の気持ちは、『愛しています』と何百回繰り返しても足りない。
そんな不思議な、初めての想いを体感した。

第五章

八月の半ば。

照りつける日差しのあとに急な夕立が来ることが多くなっていた。

そんなさなか、絵茉ちゃんの様子が少し変だなと感じたのは、私にお茶についての質問を一切してこなくなったからだ。

好意的なやりとりを続けてきたつもりだったのに、急に出会った頃のようによそよそしい空気が漂うようになった。

「絵茉ちゃん、最近何かあった？」

夕飯の前、お茶をしながら何気なく聞いてみる。

おハルさんはイギリスで暮らしているお父様のところに行っていて、一週間ほど留守にしていた。

だからここ数日は、二人きりで過ごしていた。

(斗真さんもたまにしか来ないし、元気がないのはわかるけど……食欲も落ちてて心配)

「斗真さんに来てもらう？」

「必要ないわ」

絵茉ちゃんはきっぱり断ったあと、思わぬことを言った。

「ココさんさぁ、何も気づいてないんだ」

「何を？」

「お兄様とお姉様のこと」

「斗真さんとおハルさんがどうかしたの？」

「……はぁ」

呆れたような深いため息をつき、彼女はスッと顔を上げた。

表情には憐れむような、悲しい表情が浮かんでいる。

「お姉様は……お兄様と血が繋がってないの」

「えっ!?」

お母様が違うことは聞いていたけれど、血が繋がっていないというのは初耳だ。

「ココさんがお兄様を好きなのは見ててわかってる。でも、お兄様は本当はお姉様と愛し合ってるの。外野がうるさいから、カモフラージュにココさんを迎えただけよ」

「そんな……」

(そんなわけない)

そう言いかけたけれど、ふと思い当たることがあって口ごもる。斗真さんが私にお守り契約を提案したときに、確かカモフラージュになるからと言っていた気がする。

(それに、おハルさんはどうして私と斗真さんをくっつけたがったんだろう)

何度か淡い嫉妬心と共に浮かんできた疑問は、はっきりした理由がわからなくて流してきた。

（すごく弟さん思いだと思っていたけれど……でもやっぱり不自然だよね）

パートナーを持つか持たないかはそれぞれの自由だと思うのに……おハルさんは私と斗真さんを一緒にさせようとすごく必死だった。

それを思うと、ますます絵茉ちゃんの言うことが本当のように思えてならない。

「自分の立場、理解してくれた？」

私が深刻になったのを見計らい、絵茉ちゃんは念を押すように言った。

「もしその立場が嫌なら、早めに出ていくことね」

「……」

どんな話を聞いても斗真さんを疑う気持ちにはならないと思っていたのに、絵茉ちゃんの神妙な話ぶりと自分が感じてきたことの違和感とを合わせると否定しきれないものが込み上げてきた。

（情けないな、こんなことで簡単に動揺してしまうなんて）

「ただいまー」

（え、おハルさん？）

「お留守番ありがとう。絵茉、いい子にしてた？」

心なしかウキウキした様子のおハルさん、その後ろには斗真さんの姿があった。

（どうして二人が一緒なの？）

「おハルさん、明日帰る予定って……」

「そうなんだけど。少し早めのチケットが取れたから、今日戻ってきたの」

私が深刻になっているのには気づかず、おハルさんは荷物を置いて肩を叩いている。

「海外はやっぱり疲れるわねー」

「斗真さんは、どうして……」

「斗真？　偶然玄関で鉢合わせしただけよ？」

ねえとおハルさんが振り返ると、斗真さんもああと頷き、特に悪びれた様子はない。

（本当に偶然？　今まで二人で一緒だったんじゃ……？）

急に今まで抱いたこともなかった猜疑《さいぎ》心が湧いてくる。

絵茉ちゃんから聞いた話が本当なのかと確認すればいいだけなのに。怖くてそれができない。

「そうだったんですね。お帰りなさい」

「留守の間、絵茉を見てくれてありがとう。斗真も揃ったし、今夜はシェフにお休みしてもらって、お夕飯はケータリングにしましょうか」

おハルさんはやっぱりいつもより元気で、少し浮かれているようにも見える。

海外でリフレッシュしてきたとも取れるけど、今の私は斗真さんと何かあったんじゃないかと疑ってしまう。

（こんな気持ちでいるの、嫌だな）

「あの……私、ちょっと調子悪くて」

「あら、大丈夫？」

「はい。お夕飯までお部屋にいますね」

（二人の顔をまともに見られない）

「……何かあったのか？」

私の様子が変なことに気づいた斗真さんが近づいてきたれど、私は首を振って離れた。

「いえ、大丈夫です。休めばよくなります」

「休むって……熱は――」

心配している声を聞かないふりをしてリビングを出る。

（カモフラージュ……私は……カモフラージュ）

信じたくない言葉が頭の中でリフレインし続けている。

平常心を保てなくなった私は、気づくと身の回りのものをバッグに詰め、お屋敷を出ていた。


それからの私は、なるべく安いビジネスホテルを探し、そこで数日を過ごした。

どうしたらいいか先の見通しも立たず、会社には親の急病と嘘をついて少し長めの休暇を申請した。

（一週間以上は難しいから、来週からはどうしても会社には行かないと……）

きっとおハルさんや斗真さんから連絡が入っているだろうけれど、スマホを完全オフにした状態なので確認はできていない。

（真実を聞くのが怖い）

桐生家にお世話になってから、楽しいことや嬉しいことも多かった。

でも斗真さんとの本気の恋は予定外で……夢のように幸せだったからこそ、それを失うかもしれないという恐怖心も強い。

(現実逃避だってわかってる……でも、おハルさんと斗真さんが愛し合っているのが事実なら……私、きっと立ち直れない)

ストーカーされたことすら比べものにならないほどのダメージになるのは、簡単に予想がつく。

「おハルさん、心配してるだろうな」

(斗真さんは……どう思ってるんだろう)

強引に迎えにきてほしいような、そうされても困るような。複雑な気持ちだった。


台風が近づいているせいで、外は雨と風が次第に強くなっていた。

「また雨……か」

夕御飯を買いに出た私は、お店まで行くのを諦め、濡れたままホテルまでの道を引き返していた。

あと少しで着くというのに、すでに全身雨でびしょ濡れだ。

(私って実はすんごい雨女だったのかも)

心の中を映すような天候におかしさが込み上げ、さらには涙が溢れた。

自分がどうしようもないほど斗真さんを愛してしまっていることが、悲しかった。

「今更……斗真さんを好きな気持ちを消すなんて無理」

(でも、おハルさんを嫌いにもなれない)

おハルさんは会社でもプライベートでも素敵な先輩だった。美人で賢くて、すごく尊敬している。

だから斗真さんを好きになる前の私なら、二人のことを心から祝福できたと思う。

(でも今は無理。二人のことが事実なら、もう二度と会いたくないって思ってしまう)

ぼんやりした思考で歩いていると、背後から水音を立てながらアスファルトを走ってくる音がした。

「胡々菜！」

「……？」

(今、斗真さんの声を聞いたような)

「胡々菜!!」

やっぱりそれは斗真さんの声だった。

驚いて足を止めて振り返ると、私と同じくらいびしょ濡れの斗真さんがすぐ後ろまで追いついていた。

「斗真さん……どうして」

「それはこっちのセリフだ。なんでいきなり出ていったんだ、スマホもオフにして！」

彼は私の肩に手をかけ、綺麗な眉を吊り上げて睨んでいる。

こんなに必死に探していたことがわかって、素直に嬉しくて、私は微笑んだ。

「探してくれたんですね……ありがとう」

「答えになってない。出ていった理由はなんだ？」

「……」

（あなたが愛しているのは、おハルさんなの？）

そう聞いてしまいたいけど、やっぱりそれはできない。

「何かあったのか？」

私に何かあったと思ったのか、彼はそっと私の肩を抱き寄せた。

濡れたシャツ越しなのに彼の体はすごく熱くて、心が揺らぐ。

（どうして抱きしめるの？　斗真さんの本心は、一体どこにあるの……）

ぼうっとしている間に、斗真さんは私をお屋敷のほうへゆっくり引き戻そうとする。

「とにかく戻ろう。話はあとで聞くから」

「嫌です」

「え？」

「嫌い……もう、私……無理」

（いくら根がポジティブでも……私がおハルさんのためのカモフラージュだったなんて言われたら、立ち直れない）

今までになく心の底から絶望的な気分になっていたせいか、いつもはもう少し気を遣えるのに、全くそういう神経を発動させることができなかった。

すると斗真さんは神妙な口調で言った。

「わかったから。俺を嫌いでいい、それでいいから……とにかく一度戻ってほしい」

「……」

否定しないでくれたのがよかったのか、私はその言葉に素直に従い、お屋敷に戻った。

戻ってからシャワーを浴びると力が抜けてしまい、おハルさんに挨拶もできないまま、久しぶりにふかふかの快適なベッドに身を横たえた。

(どんな顔をして会ったらいいかわからないし。絵茉ちゃんを悪者にもしたくない)

どちらにしても私がここに残ったら絵茉ちゃんを傷つけてしまうことは間違いない。それを考えると、ここでお世話になる時間を終わりにしたいとだけ告げるべきだろう。

「その前に……絵茉ちゃんに手紙を書いておこう」

なんとかベッドから降りると、私は便箋と封筒を出して筆を取った。

内容は、斗真さんとおハルさんのことを私が知ったのは、二人だけの秘密にしておこうということだ。

(それを明かしたところで、絵茉ちゃんが責められることになってしまうだろうし)

桐生家がこれからも今までのバランスを保って幸せになることが、私にも一番嬉しいことだ。個人的な恋愛感情で、家族がギクシャクすることは望んでいない。

「これでよし……ちょっと眠ろう」

手紙を書き終えた私は、ベッドに入るなり気を失うように眠ってしまった。

が……

数時間後、私は強烈な寒気で震えながら起きた。

(あ、これ……まずい)

髪が濡れたまま眠ってしまったのがいけなかったのか、あっという間に高熱が出た。熱のせいなのか、なんなのか……体中が痛い。

水を飲もうとベッドから起き上がろうとしても、頭がクラクラしてすぐに枕に倒れこんでしまう。

(どうしよう。皆を心配させてしまう)

ぐるぐるしている頭をどうにか整理しようとしたけれど、全然しっかりしない。

熱で変な声が出そうになったその時――

「入るぞ」

ノックと共に部屋のドアが開いた。

「さっき、ホテルのほうはキャンセルして……――胡々菜⁉」

私がベッドでうずくまっているのを見て、斗真さんが駆け寄ってくる。

「どうした……おい、すごい熱だ。なんで言わなかった」

「迷惑、かけちゃう……」

「俺が医者だって忘れたのか？」

呆れた声でそう言うと、彼は素早く用意してきた氷枕を私の頭の下に入れ、白湯とお薬を飲ませてくれた。

頭がひんやりして少し楽になったのと、体の震えが止まるように斗真さんがさすってくれているのが安心で、次第に気持ちが鎮まってきた。

（あったかい……安心する……）

薬が効いてきたらしく、私は再度深い眠りに落ち、そこからは目を覚ました記憶がないほど長い時間眠り続けた。

＊＊＊

ココちゃんがある程度落ち着いて眠ったと聞き、私はようやく安心のため息をもらした。

「よかった……無事に見つかって、本当に……よかった」

ココちゃんが出ていってから、私は眠れない夜を過ごしていた。

斗真も私に同意し、安堵のため息をついて額に手を当てる。

「まさかあんな近い場所のホテルに泊まってたとはな」

よほどのことがあったんだろうと想像はするけれど、何があったのか見当もつかなかった。

「何があったのかしらね」

「……絵茉、何か知ってるんだろ？」

今まで詰め寄ることを控えていた斗真が、ついに絵茉に質問を投げかけた。

するとと、俯いて黙っていた絵茉が、顔を上げて視線を泳がせる。

「え……と、私は……」

「何も知らないことはないはずだ……胡々菜の机の上に、この手紙が置いてあった」

「私に？」

絵茉は差し出された手紙を恐る恐る手に取り、封を開けた。

中の便箋には、可愛らしい動物のイラストが散りばめられている。

「……」

便箋に目を通していた絵茉は、その大きなガラス玉のような瞳にみるみるうちに大粒の涙を溢れさせた。

「……ごめんなさい」

そして深くうなだれた。

どんな仕打ちをしても、決して自分のことを悪く言わないココちゃんの優しさに胸を打たれていた。

「絵茉、ココちゃんと何があったの？」

「……お兄様とお姉様は血が繋がってない。お兄様はお姉様を愛してる……あなたは二人の関係を隠すためのカモフラージュだって。その立場が嫌なら出てってって……」

「そんなことを!?」

絵茉が口にした大きな嘘に、斗真も私も驚きで一瞬言葉を失った。

「お兄様を取られるって思ったら、どうしても許せなくて」

今まで絵茉を傷つけないように気を遣ってきたけれど、ココちゃんにした意地悪を知り、流石に厳しい口調で話しかけた。

「絵茉……わかってるのよね？　あなたがしたこと」

「……」

絵茉の涙は頬を伝って便箋の上にこぼれ落ちた。

「お姉様、ごめんなさい。ココさんに謝りたい。もう出ていってほしいなんて……言わない……お兄様も、ごめ……」

「俺ではなく、胡々菜に謝るんだな。話はそれからだ」

「う……」

大粒の涙を流している絵茉は、本気で反省している様子だった。だが、斗真もこのときばかりは甘い顔はしなかった。

「熱は下がっている。明日の午前中には普通に話せるだろ」

「うん……明日、謝るわ」

斗真の意図を理解したようで、絵茉は甘えた顔をせずに一人で車椅子を動かして自室へと戻っていった。

＊　＊　＊

翌日。

斗真さんのおかげで熱もすっかり下がり、私はベッドに横たわったままぼんやり窓の外を見ていた。

――コンコン。

ノックの後、遠慮がちに開いた扉からおハルさんが顔を出す。

「ココちゃん、梅のお粥、食べられそう？」

「はい。ありがとうございます」

「よかった。体起こすのを手伝うわ」

おハルさんの手を借りてなんとか重い体を起こすと、二重にした枕を背もたれにしてフウと息をつく。

「汗をかいたでしょう、水分取るといいわ」

「ありがとうございます」

おハルさんは、お盆の上のお粥と白湯をベッド用のテーブルに置くと、側にあるスツールにそっと腰かけた。

(おハルさん、やっぱり優しいな……)

以前と同じ空気に安心し、私はお粥を半分くらい食べられた。その様子を見ていたおハルさんが嬉しそうに微笑む。

「元気になってよかったわ」

「ご心配おかけしました」

意識がはっきりしてくると同時に、ずいぶん迷惑をかけてしまったんだなと実感する。絵茉ちゃんの話を聞いて、何も確かめずに一人で暴走してしまった。

「斗真は緊急オペが入ったとかで今は病院よ。今日中に顔を出すって言ってたから、待っていてね」

「そ、うですか」

（看病までしてもらって……あとでたくさんお礼を言わなくちゃ）

いろいろ冷静になってみると、なんて自分勝手な行動を取ってしまったんだろうと思う。もっとうまく言い訳して、不自然なく出ていくことも可能だったのに。

「おハルさん、私……勝手な判断で迷惑かけてごめんなさい」

「謝らないで、お願い。ココちゃんは何も悪くないの」

おハルさんは私の手を握ってこちらを見つめた。

「……もう、会話できそう？」

「はい。熱もないですし、だいぶ元気ですから」

「そう」

ホッと息を吐くと、おハルさんは本当に申し訳なさそうな表情で瞼を伏せた。

「絵茉が、かなり酷い嘘をついたみたいで……ごめんなさい」

「あ……」

（絵茉ちゃん、あのこと話したんだ）

手紙には言わなくていいと書いたのに、どうして話す流れになったんだろうか。

「絵茉にはあとでちゃんと謝らせるわね」

（謝らせる？）

「そ、そんな……」

とんでもないと首を振ると、おハルさんも首を左右に振った。

「ううん。あの子がいくら寂しかったとはいえ、ココちゃんをこんなにも傷つけていい理由なんかないわ」

そう言って、おハルさんは今まで私が知らなかった桐生家の真相を語ってくれた。

「私が斗真と私が血縁じゃないというのは本当だけれど、絵茉が言ったような、恋人だとか……そういうことは一切事実じゃないわ」

「そう、なんですか？」

「ええ。そうじゃなければ私のほうがこの家を出てるわよ」

はっきり言い切ったその言葉には嘘はなさそうだった。

（恋人じゃない……ってことは、私、カモフラージュじゃ……なかった？）

一番聞けずにいたところがあっさり否定され、全身の力が抜けていく。

「斗真と絵茉は、異母兄妹で。私は後妻で入った母の連れ子なの」

おハルさんのお母様は二十歳で父親不在のままおハルさんを産み、そのあと、斗真さんのお父様と知り合って三十歳になる頃に結婚。そして、一年後に生まれたのが絵茉ちゃんだという。

「私だけ桐生家の血が流れていない……それがずっとコンプレックスだったわ」

だからおハルさんの立場は微妙で、ずっとお父様や斗真さんとの距離感をどうしたらいいのか考えていたらしい。

「できるなら早く家を出て自立したかったけど、絵茉の足が心配で……ついつい今の年まで桐生家にいることになってしまったわ」

「そうだったんですね……」

(私には簡単に理解できない心の葛藤があったんだろうな)

「複雑な事情の上に事故もあって、絵茉をすごく甘やかしてしまった。斗真への依存は私たちのせいでもあるのよ」

おハルさんのコンプレックス、斗真さんの複雑な感情、絵茉ちゃんの深い傷。それぞれが、お互いのことを労わるがあまり微妙な遠慮が生まれていたみたいだ。

(ちゃんと話をすればよかったな……)

「ごめんなさい、私……話も聞かないで。柄にもなくネガティブになっちゃって……」

(二人のことを疑ってしまった)

「ううん……私が最初から全部話してればよかったわね」

「おハルさん……」

安心感が胸に満ちてきて、思わず涙が溢れる。

私たちは会社の同僚ではなく、親友として……深い部分での信頼を確認しあったのだった。

その日の夜遅く――

急に部屋に電気がつき、唐突に顔を覗きこまれた。

「体調はどうだ」

「わっ」

突然斗真さんの顔が目の前に広がったから、眠っていた私は飛び上がらんばかりに驚いた。

「わってなんだ」

「あ、いや……すみません。だいぶいいです」

私は彼の手を借りてベッドから起き上がった。栄養をとってぐっすり眠ったおかげか、頭も体もいつもの状態に近づいていた。

「おハルさんがお粥を作ってくださって、フルーツもいっぱい食べました」

「うん」

「あと、絵茉ちゃんとも仲直りしましたよ」

おハルさんと話したあと、絵茉ちゃんが部屋にやってきて今までのツンとした空気を完全に消して私に謝ってくれた。

「これからは少しずつ仲よしになろうねって約束したんです」

「そうか」

ホッとした表情で頷くと、彼は私が寝ているベッドにそっと腰かけた。仕事モードの眼鏡をかけたままだ。

「もしかして、まだ仕事中でしたか？」

「少し時間をもらって抜けてきた。それよりこれ……」

彼はそう言って手にしていた花のアレンジメントを私の手に持たせた。

「わ……」

ひまわりをあしらった可愛いアレンジメントで、心がパッと明るくなる。

「可愛いっ」

「お前、花が好きだろ。気に入ってくれたならよかった」

「もちろんです。ありがとうございます」

いろいろ手間をかけた上にこんな気遣いまでしてもらえるなんて、本当に嬉しい。

(迷惑をかけてしまったけれど……結果、嬉しい展開になってよかったな)

私はひまわりの花びらを指で撫でながら、言わなければと思っていた言葉を口にした。

「斗真さん」

「ん？」

「あのとき、雨の中追いかけてきてくれてありがとうございました。あと……熱を出したときに看病してくれたのも、斗真さんですよね」

「まあ……放っとくわけにいかないだろ」

「ふふ、はい。ありがとうございました」

私が笑ったのを見て、斗真さんもつられたように微笑む。

「姉貴も話したと思うが、俺も……自分のことをちゃんと話そうと思う」

「はい」

「……こんなこと、他人に話したことないからな。何から話そうか」

他人を信用しないスタイルで生きてきたせいか、斗真さんは自分の弱みを誰かに話すことがポジティブに働くことなんかないと思っていたようだ。

「ゆっくりでいいですよ」

「ああ」

彼は落ち着いた表情で頷くと、ポツポツと自分のことを話してくれた。

「胡々菜はご両親の愛に満たされて育ったようだから、俺みたいな人間は理解しにくいかもしれないが」

「聞かなくちゃ、わかんないです」

「そうだな」

斗真さんはうんと頷き、私の手を握る。長いその指はひんやりしていて、やっぱり少し緊張しているようだ。

「産んでくれた母の記憶は全くない。だから三歳になる年にうちにやってきた母が、俺にとって本当の母だった」

斗真さんは新しいお母様が大好きだったみたいだ。

ただ、いつしか自分が条件付きの愛しか受けられないことに気づいたという。

「学校でいい成績を取ると本当に嬉しそうにしてたのを覚えている」

「そうなんですね」

(お母様の笑顔が見たくて、勉強を頑張ったんだ)

その頃の斗真さんを連想すると、その健気さに胸が痛くなる。

「心臓が弱くて虚弱な人だった。だから医者になっていずれ丈夫にしてやらないと……なんて、真面目に思っていたんだが」

「それじゃあ、お医者様になったのって」

「きっかけは母だった」

躊躇なくそのことを認め、それでも医学の道を歩んだことは後悔していないという。

「ただ、俺が治す前にあの人は家を出てしまったけどな」

「ご離婚されたってことですか？」

「ああ。親父が海外生活が合わない母と向き合おうとせず、二人の心は離れた。当然の結果だろう」

理屈ではわかっていても、お医者になろうと決意するほどに慕っていたお母様が急に消えてしまったショックは、想像するだけでも相当に大きかったはずだ。

「今、お母様はどちらに？」

「俺は知らない。姉貴は細々と連絡を取っているみたいだが」

「そうなんですか」

おハルさんが最初の頃、複雑な事情と言っていた理由がわかる。

話すことで私に変な気を遣わせたくなかったのだろう。

(でも、そうか……斗真さんが女性不信なのは、こういう事情があったからなんだな)

「とても……辛かった、ですね」

知ったかぶりするなって言われると思ったけれど、彼はもう過去のことだと笑った。

「割り切れて、いるんですか?」

「ああ……そう思わなきゃやっていられなかった」

彼は軽く息を吐き、私を見た。

「ただ、気づいたら自分に違和感があって」

(違和感……)

「どんな違和感ですか?」

「なんていうか……生きている実感がないんだ」

仕事をしているときだけは刺激があって、その実感が得られたという。

「誰も文句を言わない。やればやるほど感謝される……だから俺は仕事にのめりこんだ」

理由は後ろ向きだったかもしれないけれど、斗真さんは人を救う仕事に真剣に取り組んでいる。

それは悪いことじゃない。

「体は心配ですけど、仕事自体は素晴らしいことじゃないですか」

「いや。そこにしか存在の意味を感じられないっていうのは、やはり病的だろ」

「……」

（生きる意味を常に確かめていなきゃいけないくらい、毎日が辛かったんだ……）

彼の胸の痛みを思うと、簡単に言葉が出てこない。

（なんだか、歯痒いな……）

ご両親の生き方がうまくいかなかったのは仕方ないだろう。

でも、だからといって、子どもがその犠牲になっていいということじゃない。

「……タイムマシンがあったらいいのに」

「ん？」

私の突拍子もない言葉に、斗真さんは一瞬面くらった顔をした。

「どういう意味だ」

「その、もし……過去に戻れたら、子ども時代の斗真さんに会いにいって、いっぱい抱きしめてあげるのに……って思って」

本気でそう思ったから言ったのに、斗真さんはくすくすと笑い出した。

「笑わないでください！」

「いや……やっぱりお前に出会えてよかったと思って」

「本当にそう思ってます？」

「思ってるさ。胡々菜が裏表のない正直な人間だから、俺は救われたんだ」

彼は私の肩を抱き寄せ、ぎゅうっと強く抱きしめてくれた。

苦しいほどの抱擁だったけれど、それが言葉にならない愛情表現だとわかるから、私は黙って彼の腕の中にいた。

「胡々菜は俺にとって大切な存在だ。生きている限り一緒にいてほしいと思ってる」

「それって……？」

「言わなくてもわかるだろ」

「わかんないですよ」

「……そうか。そうだな」

腕の力を緩めてそっと体を離す。

「ここから先をいつも口にしないから、誤解が生まれるんだな」

そして一度咳払いをしてから、彼は今まで見せたことのない緊張した表情で私に向き合った。

「胡々菜」

「は、はい」

「いいか、一生に何度も言わない言葉だからな」

否応なく期待してしまう次の言葉を待ち、私はごくりと唾を飲みこんだ。

すると彼は少し間を置いてから、ゆっくりと口を開いた。

「俺は……今までなぜ男女がリスクを冒してまで愛し合うのか、意味がわからなかった。恋愛などくだらない……と」

（確かに……そんなことを言ってたな）

そんなに前のことじゃないのに、そのときの斗真さんを思い出すと懐かしい感じがした。

「だが、胡々菜を知れば知るほど……大切な存在っていうのは本当にあるのかもしれないと思うようになった」

（大切な……）

「そんな存在になれていたなら、すごく嬉しいです」

「まだだ」

言い足りないと言わんばかりに、彼はさらなる想いを告白してくれる。

「素直でまっすぐで、そんな心の持ち主が本当にいるんだと思ったら……独り占めしたくてたまらなくなった。……そのせいで悲しい思いをさせたかもしれないが」

「あ……」

突然距離を取ったり、異性との交流に変なヤキモチを妬いたり……全部斗真さんからの愛情表現だったことがわかった。

「今、はっきりと言える。月野胡々菜を愛している……お前は、この世で唯一無二の大切な存在だ」

「――っ」

彼が紡いだ愛の言葉は優しくて温かくて、私を幸福感で満たした。

「嬉しい、です」

どうにかそれだけ短く答えると、斗真さんは恥ずかしそうに視線を逸らした。

「こういうシチュエーションは初めてなんだ……おかしかったら笑っていい」

「笑いません！　ちゃんと届きましたよ」

私は斗真さんに抱きつくと、背中にギュッと腕を回した。

懐かしい消毒液のほんのりした匂い。

間違いなく愛おしい斗真さんだと確信できて、魂ごと体が震える。

「私にとっても、斗真さんは唯一無二の大切な人です」

「そうか」

「はい、もちろんです」

(ちょっと重いくらいのあなたの愛……私には心地いい)

「斗真さん……愛しています」

顔を見合わせ、どちらからともなく顔が近付いて唇が重なる。

(あっ、まだ風邪気味なのに)

私はハッとしてすぐに唇を離した。

すると彼は離れた私を追うように強引にキスを重ねてくる。

「だ、ダメですってば」

「俺を誰だと思ってる。お前から風邪をもらうほど弱くはない」

「でも……んっ」

ベッドに押し倒され、そのまま彼はキスの雨を降らせた。

啄んだり舌先で絡みあったり、吐息は触れるたびに熱を帯びていく。

(熱い……今日はこれ以上はダメって思うのに、求めたくなっちゃう)

体の芯が疼き始めたころ、斗真さんはぴたりとキスをやめて囁いた。

「今日はここまで」

「あ……」

(そうだよね、病院に戻らないとだし)

「期待したか?」

楽しげにそう言う彼に、私は思わず〝意地悪〟と言ってしまった。

それを当然と言わんばかりに受け入れ、私を背中ごと抱き寄せた。

「途中にしておいたほうが、今度が楽しみだろ」

「……そうですね」

(もう、次に会えるのはいつだろうって思わなくていいんだもんね)

その安心感は今までにないもので、私は彼の胸にゆったりと身を委ねた。

窓の外に聞こえる雨音が、私たちを優しく愛でているようで心地いい。

「いい雨ですね」

「……そんな言葉、あったか?」

「ありましたよ」

「嘘つけ。いや、でも……あったかもしれないな」

（ふふ……知らないって言いたくないみたい）

「ごめんなさい。今、私が作りました」

記憶をたどり始めた斗真さんに、私は意地悪のお返しとばかりに真実を告白する。

すると彼は不貞腐れた顔で私を睨んだ。

「意味は？」

「え……っと……『一緒にいられて嬉しい』です」

「……なるほど」

呆れたようにため息をつくと、斗真さんは私の鼻をきゅっと摘まんだ。

「っ！」

「ったく……そういうとこだ」

「そういうとこ、って？」

鼻先をさする私に額を合わせ、彼は意地悪に笑った。

「最高にいじめたくなる」

「わ……っ」

再びベッドに押し倒されると、さっきより深いキスが落ちてくる。

「ん……」

限られた時間ならではの熱いキス。

私たちはその焦れったくも熱い時間を無邪気に楽しんだ――

残暑の兆しを感じ始めた頃。

季節が移り変わるのに連動するようにおハルさんが動きを見せた。

十五年勤めた会社をすっぱり辞めてしまったのだ。

(会社の人は当然として、私も驚いたな……)

その理由を、今日リビングで聞くことになっている。

(どんな理由を話してくれるのかな)

緊張しているのは私だけで、おハルさんはいたってマイペースで心なしかウキウキして見えた。

「ココちゃん、これ一緒に食べましょ」

モンブランの入った箱を見せ、彼女はいつもと変わらない理知的な笑顔を見せる。

「美味しそう！　私、飲み物を準備します。紅茶でいいですか？」

「ありがとう」

素早く紅茶を淹れ、ケーキをお皿に移す。

「用意できました！　さて……早速ですが、おハルさんの話を聞きたいです」

私が席についてそう切り出すと、おハルさんはモンブランの大きな栗を見つめてから私に視線を移した。

「ココちゃん、斗真をお任せしちゃっていい？」

「えっ、お任せって？」

「私、実は……今、ある人にプロポーズされてて」

「そうなんですか!?」

その人は、数年前、お父様に会うために行ったイギリスで知り合った人だという。パブで一回飲んだだけなのに、翌日プロポーズされたらしい。

「なんかビビビってきたっていうか……」

照れたおハルさんの表情は、恋する乙女だ。

「でも、私、絵茉のこともあるし、海外の人は無理だろうって諦めてたの」

(そうか、以前好きな人がいるけど諦めてるって……その人のことだったんだ)

すべて合点がいって、深く納得する。

「で、最近その人がね、絵茉をイギリスに連れてくればいいいって言ってくれて」

「そうなんですか?」

「ええ。今更だけど私も幸せになりたいなって思って……ね」

「いいと思います!　おハルさんには絶対に幸せになってほしいです!」

これまで苦労したぶん、思いきり幸せになってほしい。

「ありがとう」

「絵茉ちゃんはイギリスに行くことは承諾してるんですか?」

「意外にも、あの子も行く気満々なのよ」

絵茉ちゃんはイギリスで日本の茶道を広めたいと思っているという。確かに海外なら、日本文化に興味がある人も多くいるだろうし、やりがいのあるものになる気がする。

「絵茉ちゃんがイキイキできる場所が見つかったんですね」

私の答えに、おハルさんはにこりと微笑んで頷いた。

「これで心残りなくイギリスに行けるわ」

「いつ行く予定なんですか？」

「それがね、来週からお試しで半年暮らそうってことになってるの」

「来週⁉」

あまりの急展開に驚きつつも、おハルさんが嬉しそうだから私も自然に頬が緩むのだった。

＊　＊　＊

翌日。

ココちゃんに報告を終えた私は、病院内にあるカフェに斗真を呼び出していた。

姉弟で向き合って話すことは多くなかったけれど、この日はお互いに〝大切な肉親〟という意識で向き合っていた。

「斗真。私、〝母親もどき〟を卒業することにしたわ」

「母親は別の人間だ。姉貴は姉貴だろ？」

素早く切り返してくる斗真に、私は思わず笑ってしまう。

こういう態度を取りながらも、彼はいつだって家族の体調を心配してきた。事故の痛みを抱えた絵茉が、希望を失わずにここまで来られたのも斗真のおかげだ。

そんな彼に自由になってほしいと、ずっと思ってきたのだ。そのチャンスがようやく今、巡ってきた。

「あなたをココちゃんにお任せするって言ってきたわ」

「お任せ、って」

「あなたの今までの全部を……ちゃんと受け止めてくれる。彼女はそれくらい懐が深い子なの」

「……知ってる」

頷く斗真の笑顔は、今までになく安堵に満ちたものだった。その表情で、私は自分の決意が間違っていないと確信した。

「よかった。あなたに合う子がいて」

「姉貴にもいてよかったよ」

「ふふ、そうね。絵茉のことは任せてね」

「……あっちの風土が合わなかったらいつでも戻していいから」

自分の幸せも望みながら、やはり絵茉のことは心配している。

そんな斗真の愛情を痛いほど感じ、涙がこぼれそうなる。

「ほんっと不器用よね、あなたって」

「うるさいな」

長年付き合った姉弟ならではの信頼がこの会話には凝縮されていた。

「私たち、来週には日本を発つわ。見送りはしないでね、絵茉の決意が揺らぐから」

私は涙を拭うと、スッキリした気持ちで立ち上がった。

「仕事中、ごめんね。じゃあ……」

「姉貴」

「何？」

去ろうとする私に、斗真は話しかけた。

「ずっと言いたかったことがある。誰にも遠慮しないで自分の人生を生きてほしい……って」

「……言わなきゃわかんないわよ。でもありがとう」

そして次の週、私は絵茉と共にイギリスへ旅立った。

第六章

おハルさんたちが旅立ったあと、私と斗真さんはこの広いお屋敷で二人暮らしをすることとなった。

部屋が多い上に古い建物だから、お仕事から帰ってきて一人でいるのが寂しい。

そんな私の様子に気づいたのか、斗真さんはお屋敷を貸し出してマンション住まいにしようと提案した。

「いいんですか？　お父様とか、おハルさんとかの承諾は……」

「姉貴はふたつ返事だったし、親父は多少渋ったけど売るわけじゃないと言ったら承諾してくれたよ」

「そうですか……」

（とはいえ、桐生家の方には思い入れのあるお屋敷だろうし）

私が申し訳ないと思っているのを察し、斗真さんは心配ないと微笑む。

「古びないようにちゃんと管理してくれる人に貸すつもりだ。心配するな」

（もう貸す人の目星ついてるんだ。いつからリサーチしてたんだろ）

「ありがとう、斗真さん！」

「おっと」

私が勢いよく抱きついても、彼は危なげなく抱き留めてくれた。

スラリとした長身だけれど案外筋肉質なのは知っているから、触れるたびに彼の裸を思い出してドキドキしてしまう。

「じゃあ……秋ぐらいには引っ越せるように段取りする」

「はい。私もお手伝いします」

軽くキスをして、もう一度ゆっくり抱きしめ合う。

言葉も仕草も、お互いなんとなく求めているものを察することができるようになってきた。

(私が今考えていること、どれくらい伝わってるかな)

試しに口に出さずに私もある準備を進めていたところ、斗真さんがふと思い出したようにバッグから何かを取り出した。

「これ、来週らしいんだが。行くか?」

「花火大会!」

(驚いた、本当に伝わってる)

夏の思い出に、花火大会に行きたいなと思っていた矢先だった。

斗真さんは無意識のようだけれど、私の思いはしっかり伝わっているみたいだ。

雨に慕われる私たちでも、流石にこの日は絶対に晴れてほしいと願っていた。子どもみたいにてるてる坊主まで作って、前日はしっかりお祈りをした。

その効果があったのか、当日は驚くほどの快晴で、私は無条件に喜んだ。

「やったー！　今日はきっといい日になりますよ」

「落ち着け。嬉しくてもできるだけ平常心でいないと足を挫くぞ」

「そうですね」

頷きつつも平常心になんてなれるわけがない。

私はリビングのサッシを開け、蒸し暑さもなんのそので夏の終わりの空気を吸いこんだ。

(こんないい日なんだから、やっぱりテンションは上がっちゃうよねえ)

誕生花でもある朝顔がプリントされた浴衣はすでに用意してある。

着付けの前に美容院へ行くことも考えると、そろそろ動き出さなくちゃいけない。

「私、そろそろ出かけます」

「わかった。じゃあ送っていく」

読んでいた雑誌を閉じ、斗真さんがソファから立ち上がった。

「え、いいですよ。近いですから」

「どうせ迎えにいくんだ。近くで待ってるほうが効率的だ」

(こんな言い方だけど、親切で言ってるんだよね)

「ふふ。じゃあ、お願いします」

わかりにくい彼の優しさも、最近では言葉を額面通りに受け取らないことで理解できている。

浴衣なんて、大学生時代に一回着たかどうかだった気がする。

なのでプロにすっかりお任せして、浴衣スタイルを完成させた。

お店を出る頃にはもう夕方の四時……結構な時間をかけてしまった。

「お待たせしました」

「……その下駄は？」

足元を見て斗真さんは眉間に皺を寄せた。

「あ、これは浴衣に合わせてお店の方が貸してくださったんです。可愛いでしょう」

「ん、まあ。そうだな……車は隣の駐車場に停めてある、行こう」

「……？　はい」

(何か言いたげだったような)

そっけなく歩き出した彼を慌てて追いかける。

「あ、あの。私の浴衣、どうです？」

「……悪くない」

(それだけ？　なんかもっとこう……ないのかな)

「少し早いが、公園に向かうか」

車に乗りこむと、斗真さんは平常心そのものといった感じでハンドルを握った。

(期待ばかりしていても仕方ないか……)

そう思い直し、彼に合わせることにした。

「プレミア席がある場所ってかなり奥まったところみたいですね」

「車を降りたら少し歩く。足が痛くなったら言えよ」

「はい」

（特等席で花火が見られるなんて楽しみ！）

こんなにも張り切っていた私だけれど、プレミア席までの距離に愕然とした。

歩いても歩いても、たどり着かない。慣れない下駄で、私の足は少しずつ指を疲労していた。

「すごい人だな」

「本当……想像以上です」

真っ直ぐ歩けないほどの人が、一番よく見えるポイントに向かって列をなしている。

よたよた歩く私の手を引いて、斗真さんはなるべく人の少ない場所を見つけながら進んでいく。

横顔は凛としていて、暑さを感じさせないその姿に見惚れてしまう。

（カッコイイなあ……）

「っと……わわっ」

足元を見てなかったせいで躓《つまず》いてしまい、咄嗟に斗真さんの腕につかまった。

「どうした？」

「い、いえ！　何も」

（斗真さんに見惚れて前方不注意とか、恥ずかしい）

ブンブン首を横に振ると、彼は私の足元に視線を向けた。

「……足が痛いなら言え」

「え？」

（あ……）

緊張してて気づかなかったけれど、慣れない下駄で鼻緒の部分が赤く擦れていた。

「意識したら痛くなってきました」

「馬鹿だな」

「う……」

（でも、私の足をそんなに気にしてくれたんだ）

痛みよりもそっちのほうが嬉しくて、自然に笑顔になってしまう。

「ちょっとこっちに来い」

「わ……」

行列から外れた場所に行くと、彼はしゃがんで私に背中を見せた。

「会場までおぶってやる。乗れ」

「えっ、それは……」

（たくさん人がいる中で、恥ずかしすぎるよ）

「あと三十分で始まってしまう。早く」

私の戸惑う時間を許さないように、彼は背中を見せたまま急かしてくる。

周囲の人も急ぎ足になっていて、こちらに視線を向ける人はいなかった。

（皆花火が目当てだもんね。辺りも暗くなってきたし）

「お、お願いします！」

恥ずかしさを振り払い、斗真さんの背中に身を預ける。

すると驚くほど軽々と持ち上げられ、視線が一気に高くなった。

「わぁ！」

「暴れるなよ」

私の足をしっかり固定すると、斗真さんはスタスタと歩き出した。

体がぴたりと密着して、不思議なほどの安心感に包まれる。

（斗真さんの背中って広いなあ）

そっと腕を絡めて視線を伏せると、彼の首筋に汗が滲んでいるのが見えた。

（……っ）

夜に触れ合ったときの感覚が体に蘇り、一気に鼓動が跳ね上がった。

（何考えてんの、私……っ！）

「うわっ」

腕が離れ、バランスが崩れて落ちそうになる。

「何やってるんだ。落ちるぞ」

「すみませんっ」

腕をしっかり巻きつけ、今度こそ動かないようにじっとした。

でも魅惑的な彼の香りは、ずっと私をドキドキさせていたのだった。

斗真さんのおかげでプレミア席に無事到着し、私たちは特等席で花火を見上げることとなった。

「あと十分ですね」

「ああ」

言いながら、斗真さんは常備しているらしい絆創膏を出した。

「下駄脱いで」

「え？」

「応急処置だ。ほら、早く」

「は、はい」

下駄を脱ぐと、斗真さんの手に支えられて右足が持ち上げられた。

足先を触られていると思うと、どうにもくすぐったくて動いてしまう。

「少しの間くらい止まってられないのか？」

「ご、ごめんなさい」

グッと動くのを耐えていると、ぺたりと絆創膏が貼られた。

「これでよし」

安心したようにそう言うと、斗真さんは椅子に座り直した。

そのさりげなさに、思わず胸が熱くなる。

「斗真さん、ありがとう」

「慣れない下駄を履いたら、普通にこうなる」

(最初から足が痛くなるの予想してたのかも。でも私が喜んでたから……履き替えろとか言わないでいてくれたんだな)

不器用な優しさに愛おしさを感じていると、少し遅れていた花火がとうとう打ち上がった。

星空の灯りを押しのけ、真っ暗な夜空に、文字通り花が咲くように光の粒が広がる。

「綺麗！」

嬉しくなって隣に顔を向けると、斗真さんの顔を次の花火が鮮やかに照らす。

整った彼の顔は幸せそうで、私も自然に頬が緩んだ。

「斗真さん……好き」

つぶやき声はかなり小さかったはずなのに、斗真さんはうんと頷いて私の手を握った。

すっぽり包んでくるその大きな手に、私は心からの安堵を覚えたのだった。

全ての花火を堪能したあと、斗真さんの運転する車で彼が予約したラグジュアリーホテルへと向かった。

「今日はすごく楽しかったです」

満足してそう伝えると、彼はハンドルを握りながら口の端を上げる。

「過去形にするにはまだ早い」

「え……」

ホテルに到着してから、私は見たこともないゴージャスなエントランスに驚いた。

「ここに泊まるんですか？」

「そうだ」

海外の要人が宿泊することで有名らしく、綺麗に正装したお客様が行き来している。

(私ってば、汗だくの浴衣姿なんですけど)

恥ずかしくて俯きかけると、斗真さんが腕を出して微笑んだ。

「足がおぼつかないな。俺につかまってろ」

「……っ、はい」

彼の腕につかまると、途端に不安さが消えていく。

(どんなところでも、この人といれば安心なんだ)

私は夢見心地で、連れられるままエレベーターに乗った。


そうして到着したホテルの最上階。

そこは、ふたつの部屋が広々と展開されたスイートルームだった。

「広いですね！　高級マンションみたい」

「はは、流石にここで生活したら数日で破綻してしまうな」

斗真さんは笑いながら部屋の電気をパチリと消した。瞬間、暗転するように窓の外に煌びやかなネオンが広がった。

（わぁ……）

星空に負けないほどの光景に、思わずため息がもれる。

「花火も綺麗でしたけど、この光景も夢みたいに素敵」

「胡々菜」

「はい？」

名前を呼ばれて振り返ると、待ち構えていたように唇を掬い取られた。

「ん……っ」

吐息まで飲みこむようなキスは、流れるように舌先が触れ合って深くなる。まるでそれ自体が体の重なり合いのようだ。

気がつくと私たちは、美しい夜景をバックに夢中でキスを交わしていた。

「ふ……ぁ……ん」

花火会場ですっかりスイッチが入ってしまったせいか、一度キスをしたらそこから燃え上がるのに時間は掛からなかった。

お互いを求める気持ちが止まらない。

（呼吸しても、うまく息が吸えない）

それほどに呼吸が上がってしまった私は、どうにか斗真さんからのキスを逃れ、部屋の空気を小刻みに吸った。

「逃がさない」

いつもの冷静さを失っている斗真さんは、驚くような力で私を引き戻してキスを繰り返す。

「や……待って、ほんと……くるし……」

少し怖くなって、無理やり身を引くと、彼は息を整えながらニヤリと笑った。

「こんな姿、他の男には死んでも見られるなよ」

「あ……」

いつの間にか着付けも緩んでしまい、浴衣の胸元はすっかりはだけていた。

かき合わせようと襟をつかむと、その手を握られて強引に引き戻される。

(強引だけど必死なこの力に……私は抗えないんだよね)

観念して視線を上げると、彼は少し冷静を取り戻した様子で私の髪にキスをした。

「ゆっくりのつもりが、急ぎすぎた」

「い、いえ……」

「風呂に入るか」

「はい。汗を流したいと思っていたので嬉しいです」

(汗の匂いとか気になってたから、よかった)

少し冷静になれるかな、とも思ったけれど……

斗真さんは〝当然お風呂も当然一緒に〟という意味でお風呂を誘ったようだった。

「ええと、本当に一緒に入るんですか？」

パウダールームも、バスルームもすべて真っ白な大理石で覆われていて、そのゴージャスさに目がちかちかした。

(明るすぎて、裸になりたくないくらいだよ)

「今更見られて困るものでもあるのか？」

まだもじもじしている私の後ろに立ち、すでに上半身裸になっている斗真さんは呆れた声で言う。

「……そういうことじゃ……」

(でも言い出したら聞かないしなあ)

恥ずかしいけれど、今日は特別な日だからと自分に言い聞かせ、思いきって浴衣の帯締めを解いた。

「手伝ってやる」

「いえ、一人でてき……わぁっ」

背中の結びを解いて、シュルッと帯を抜いてしまうと、浴衣はストンと床に落ちて肌襦袢のみの姿になる。途端、汗ばんだ体に風がスッと通った。

(もう裸になっちゃってるみたいだよ)

斗真さんはそつのない動きで肌襦袢も脱がせ、肩にちゅっとキスをした。

「先に入ってて」

「は、はい」

素直に従ってバスルームに入ると――

「わ……っ」

バスタブにピンクと白のバラの花びらが隙間なく浮かんでいる。

視覚と嗅覚に甘美な刺激を与えられた。湯気にも芳しい香りが移っていて、全身を花びらで撫でられているようだ。

「気に入ったか？」

「斗真さんが準備してくれたんですか？」

「ああ。最盛期の花でなく、剪定《せんてい》間近なもの限定でお願いした」

（そこまで考えて……）

お花が好きな私への気遣いだと思うと、嬉しい。

「すごく綺麗です、ありがとうございます」

「喜んでくれてよかった」

斗真さんがボタンを押すと、熱すぎない温水が吊るされたシャワーヘッドから放出される。

「背中を流してやる」

全身を映すほど大きな鏡越しに斗真さんがそう声をかけ、ボディシャンプーでフワフワになった手で私の背中をそっと撫でた。

ビクッと腰が反応してしまい、鏡で見られていることも加わって猛烈に恥ずかしくなる。

（どこを触れられても、すぐに反応しちゃいそう）

「感度が上がったか？」

「そんなこと……」

（ない、って言いたいけど……実際は感じやすくなってるかも）

以前より確実に感じてしまっているのは確かだ。

もちろん斗真さんの手に触れられたら、という条件付きだけれど。

「顔にも反応が出るから、胡々菜は観察のしがいがある」

「も、もう。そんなにじっくり見ないでくださいよ」

顔を覗きこまれるのが恥ずかしすぎて、視線を背ける。

でも彼は私が羞恥する姿が嬉しいみたいで、手を前のほうへと滑りこませた。

（あ……）

声をあげる間もなく、お湯でわずかに赤らんだ双丘を包み込む。すでに固くつぼんだ先端に泡のぬめりと指のゴツゴツとした感触が襲った。

「っ！」

体を支えている脚の力が一瞬ガクンと抜けそうになり、慌てて鏡に手をつく。

「や……ここでは」

「やめるか？」

（やめるのは嫌）

首を小さく左右に振ると、彼は嬉そうに喉を鳴らして愛撫を続けた。

「ん……あ……ん」

胸だけでなくお腹や脇腹、肩から爪の先まで、驚くほど丁寧に撫でていった。

優しくも甘美な触れ方とシャワーの刺激で敏感な肌が熱を帯びていく。

「ずいぶん良さそうだな」

「ん……気持ちい……」

(ぁ……)

指の先をちゅっと舐め取られた瞬間、体の深い場所が小さく痙攣するのを感じた。

同時に腰から下の力が抜けてしまい、とっさに斗真さんは私の体を受け止めた。

「大丈夫か？」

「ん……大丈夫、です」

「少しお湯に浸かったほうがいいな」

酔ったみたいにふらふらの私を抱えながら、彼はゆっくり私を湯船に誘導した。

「はぁ……」

(気持ちいい)

少しぬるめのお湯とバラの香りがさらなるリラックスに導く。極上の心地で目を閉じると、斗真さんの体にすっかり身を委ねた。

すると彼は後ろからぎゅっと私を抱きしめ、肩に優しいキスを繰り返す。

「胡々菜……ずっと俺の側にいてほしい」

「もちろんです。斗真さんこそ……離れたりしないでくださいね」

「当然だ」

吐息と一緒にうなじに唇を這わせられ、体の奥にまた新たな熱が灯った。


すっかりのぼせてしまった私は、お水を一杯飲んでベッドに横たわった。

ほかほかの全身を柔らかなバスローブが繭のように包んでいて、安心感に満たされる。

(こんなに幸せでいいんだろうか)

うとうとしていると、斗真さんが頬にキスをして囁いた。

「胡々菜、少しだけ目を開けて」

「ん……はい」

重い瞼を上げると、ゴールドに煌めくリングが視界に入る。

(指輪？)

一気に眠気が飛んで起き上がると、斗真さんは隣に座って私の手を取った。

「選りすぐりのルビーだ。俺が側にいられないとき、胡々菜を守ってくれるように選んだ」

それは見たこともないほど美しい石で、赤の中に黄金色の輝きを内包したような鮮烈な光が見えた。石を支えるリングはダイヤが散りばめられているのに細身なため、とても上品な仕上がりになっている。

「綺麗……これを、私に？」

「ああ」

少し照れた笑いを浮かべたあと、彼は急に真面目な顔で私を見た。

「俺のパートナーはこの世界に胡々菜しかいないと確信してる。俺と結婚してほしい」

「……けっこん……？」

あんなにも結婚にドライな考えを持っていた斗真さんが、プロポーズしてくれるなんて夢にも思わなかった。

(斗真さんが望むなら、籍を入れることには拘らなくていいとすら思ってたのに)

「出会った頃、愛を口にする胡々菜を軽視したことを後悔している。ただ単に俺は知らないだけだったみたいだ……人を愛するってことを」

「斗真さん……」

想いを口にするのが苦手な彼がここまで言ってくれるのは、きっとすごく勇気が必要だったはずだ。それでもこうしてプロポーズしてくれた彼に、私はどんな答えがふさわしいのかと迷ったけれど……

(伝えたい言葉はひとつしかないかも)

「愛してます……斗真さん。私をあなたの生涯のパートナーにしてください」

「ありがとう。俺も……心から愛してる」

指輪を薬指に差し入れてから、彼は私の体を強く強く抱きしめた。

同じ石鹸とシャンプーの香りに包まれ、もう私たちは離れない関係なんだ……と思えた。

（嬉しい、嬉しい。幸せすぎる……）

結婚はゴールじゃないって知ってる。

でも、それが関係性の節目であることはきっと確かなんだろう。

一人で歩いていたどこまで続くかわからない道を、手を繋いで歩いていける人ができた。それは言葉にならないほどの安堵と幸福感をもたらすものだった。

斗真さんの逞しい胸に額をくっつけて喜びを噛み締めていると、そのままベッドに押し倒されてとろけるようなキスを落とされた。

「今夜はこのまま一緒に眠りたかったが……無理みたいだ」

「ん……私も、眠るなんて……できないです」

腕を伸ばして彼の背中を抱き寄せる。

触れている場所すべてが温かくて、嬉しくて、涙が出てしまう。

（私は斗真さんと幸せになる……）

誓うようにその言葉を胸に秘めると、今までにないほど深い愛に溺れていった。

＊＊＊

窓の外には薄く靄《もや》のかかった月が浮かんでいた。

（満月は今日だったか？）

普段、精神を研ぎ澄ませるような生活ばかりしているせいか、たまの読書が俺の癒しだった。だからというわけでもないが、胡々菜に接するときはロマンチックな表現を心がけている。

(らしくないと笑われそうだが……)

キングサイズの広々としたベッドには俺と胡々菜が同じ方向を見て横になっている。

俺が胡々菜を抱きしめ、その腕の中で彼女は安堵したように目を閉じていた。

(バスルームで少しのぼせてしまったな)

覗き見える頬にはうっすら赤みが差している。その頬を優しく撫でると、まだ少し濡れている髪が指に触れた。

「ん……」

軽く眠っていたようで、目を覚ました胡々菜はハッと頭をもたげた。

「あ……私、眠って……」

「安心しろ、まだ夜は明けていない」

「斗真さん」

振り返った胡々菜の瞳は、月明かりに照らされて煌めいていた。

(星空よりも、街のネオンよりも綺麗だ)

俺は目を細めると、愛おしくて胡々菜の髪にキスをした。

まだ乾ききっていない彼女の髪からは、淡いフローラルの香りがする。

「気分はどうだ?」

労わりながら尋ねると、彼女は恥ずかしそうに頷く。

「だいぶいいです。疲れもかなり取れた感じ」

「ならよかった」

(俺の理性が保てたこともよかった)

これまで真面目に相手と向き合うような恋愛をしてこなかった。恋愛もどきのような、体だけの関係はいくつかあったかもしれない。

それも記憶に残らないような、淡白なものだった。

(世間からすると、俺みたいなのを最悪っていうんだろう)

恋愛に向かないと自覚してからは、女性との深い交流を避けて生きてきた。仕事は充実しているし、別に結婚にも夢などなかった。

(だからこのまま独身でいたってよかったんだが)

胡々菜との突然の出会いが、俺の人生設計を大きく変えた。

女性だけでなく人間というもの全般への不信が大きかった俺にとって、簡単に人を信頼し、傷ついてもまだ向き合おうとする胡々菜の性格は理解し難いものだった。

(俺をこんなに翻弄する人間は、きっとこの先も現れないだろう)

確信している気持ちをもう一度胸の中で呟き、俺は胡々菜が羽織っているバスローブの襟元に手を差し入れた。

胸の先端に触れた瞬間、驚きを示すように蕾がキュッと閉じる。

「ぁ……ん」

鼻にかかった甘い声は、かなり意識して冷静を保とうとしている俺を煽った。

(どうして胡々菜にだけ、俺はこんなにも乱されるのか……不思議だ)

自分を求めてくれる彼女の反応がもっと知りたいと、柔らかな感触を楽しむように充分に揉みしだいていく。胡々菜はその期待にしっかり応え、可愛らしい嬌声と共に身をよじった。

「やだ、ぁん……待って……っ」

「嫌がってる様子はないが?」

さらに反対の手で下半身へも手を伸ばす。その存在を潜めていた場所は、すでに俺の指をあっさり飲みこめそうなほど濡れていた。

「そ、そこはっ」

咄嗟に足を閉じた胡々菜は、強引に踵《きびす》を返して俺を見上げた。

「まだ、そこは……だめです」

理性で羞恥心が勝っているようで、彼女は期待と戸惑いで瞳を揺らしている。

「いつならいいんだ」

「それは……」

優しく太ももの辺りをさすると、少し安心したように息を吐いた。

(緊張を緩めないと進めないな)

それを理解できた俺は、なるべく胡々菜が全身で彼を信頼するように丁寧に触れていった。

バスローブの紐を解き、首筋から胸、腹、と唇で肌をたどる。

「ん……気持ちいいです」

軽く浮いた背中に腕を差し入れて広く撫でると、少しずつ、頑なに閉じていた膝が緩んだ。そこですかさず濡れそぼった蜜壺を刺激すると、長い指はゆるりと飲みこまれていった。

「あっ、あぁ……っ」

さっきの羞恥が嘘だったように、胡々菜は嬌声を響かせながら奥への道を探る指をあっさり受け入れた。

そのまま充分に内壁を柔らげると、中は熱く、まるで指が溶けるかのようだ。

(悪くなさそうだな……)

恍惚としてきた胡々菜の表情に、俺も本能のスイッチが入る。

羽織るだけになっていたバスローブをベッドの下に脱ぎ捨て、サイドボード上に置いてあった避妊具を素早く装着した。痛みすら感じるほど緊迫している自分の張り詰め方に苦笑する。

(俺がこんなに余裕をなくしているなんて、彼女は想像もしていないだろうな)

まだ呼吸を整えるために胸を上下させている胡々菜の膝に手を置いて尋ねた。

「いいか?」

「……はい」

恥じらいながらも頷く彼女の膝を押し開き、狙い通りに自分の熱を重ねていく。

胡々菜はすぐに先端を包みこみ、そのまま一気に俺を受け入れた。

「……っ」

(なんて締めつけだ)

まるでそこだけ意思を持っていて、俺を逃すまいとするように引きこんでいく。

収縮して俺を刺激し続ける内部は、驚くほど熱く湿っている。

(今日は……止まれない)

淫らな誘いに負けた俺は、そのまま強めに腰を叩きつけた。

「あんっ、あ……っ」

すっかり身を委ねている胡々菜の表情は、その先の快楽点を知っているようだ。

(教えなくても、こんなに変化するものなのか)

普段は少し子どもっぽさを感じさせる彼女だが、今や俺の前では妖艶な女の顔を見せるようになった。

(俺が彼女をこの表情に)

仕事でしか感じたことのない満たされた感覚が、俺の心を温もりで包む。

それはずっと欲しいと願っていた〝何か〟だと思った。

(胡々菜は〝愛〟と表現していたな)

「斗真さん」

見ると、胡々菜が両腕を広げて視線を上げていた。

「どうした」

「お願い……もっと、きて……」

「……っ」

潤んだ瞳でもっととねだるその姿は、たまらなく俺の胸を熱くさせた。

(俺を壊す気か)

「俺に挑戦するとはいい度胸だな」

「あんっ」

宣言通り、俺はそれまでの緩やかな愛撫とは違い少し乱暴かと思うように彼女の熱い蜜壺を責めた。

「っ、あっ、ん……っ」

「痛いか」

胡々菜はぎゅっと目をつむって首を左右に強く振る。耐えているようにも、快感に戸惑っているようにも見えた。

それでも内側から溢れる蜜はとどまる気配がない。

(大丈夫そうだな)

制御していた動きを速め、肌の合わさる音が響くほどに激しく腰を打ちつける。

「あぁっ」

胡々菜は人形のように揺さぶられ、乱れた髪がシーツの上にこぼれ広がった。

「こわ、れちゃう……ま……って」

蕩けそうな表情を浮かべながらも、口だけは嘘をつく。

（懇願したのはお前だろ）

俺は可愛い抵抗にかまわず腰を打ち続けた。それが正解とばかりに、胡々菜は心地よさそうな声をあげ続ける。

「だめ……っ、イッちゃう……」

切迫した悲鳴をあげる彼女を、俺はさらに容赦なく責め立てる。

肌のぶつかる音と、淫らな水音が室内に響き渡り、二人の熱をさらに高めていった。

（そろそろ俺も……）

自身の高まりも感じながら、胡々菜の快楽の頂点も察する。

上り詰める瞬間が真近なことを察した俺は、一気に最奥を突き上げた。

「あぁぁ……ん……イッ……っ！」

瞬間、胡々菜は俺の腕にしがみつき、背中をのけぞらせた。

内壁がきゅうっと狭くなり、俺は眉根を寄せる。

（締まる……っ）

彼女が体を震わせる中、俺も堪えていた内部の熱を放出させた。

「……く……ッ」

脈打つたびに、胡々菜の全身にも小さな痙攣が起きる。

「っ、は……ぁ」

止まりそうな呼吸をどうにか再開させた彼女の体は、俺の腕の中で頼りなく沈んでいく。咄嗟に俺は、まだ震える背中を抱き留めた。

「大丈夫か」

「ん……はい……」

汗だくで呼吸を乱す胡々菜を強く抱きしめ、俺は額と唇に何度もキスをした。

(俺の心にこんな情熱があったなんて。胡々菜がいなければ、一生知ることはなかった)

「ずっと俺の腕の中にいてくれ」

短く呼吸を繰り返しながら、胡々菜は涙を滲ませて頷く。

「……はい」

その姿が愛おしく、俺はさらに深く彼女をかき抱いた。その姿は、まるでその大切な存在が傷つかないよう、命がけで守る親猫に似ていた。

(そうか……愛っていうのは、こういう感情なのか……)

一生知ることはないと思っていたその崇高な感情や感覚に、俺は胸を震わせた。

そそて、窓から眩しく差しこむ月明かりに目を向ける。

「月が……綺麗だな」

漱石が残した有名な〝I Love You〟の訳。

その意味を解釈してもしなくても、どちらでもいいと思いながら口にすると、胡々菜はにこりと笑って頷いた。

『死んでもいい』

「え？」

「『あなたと一緒じゃないなら、生きていても仕方ない……そう思うくらいに愛しています』」

（それ、二葉《ふたば》亭《てい》四迷《しめい》の言葉で返してきたのか？）

「ちょっと勉強したんです、愛情表現の言葉を」

照れくさそうに微笑む胡々菜は、目を見張るほどに美しく愛らしい。

（こういう感情を盲愛というのか）

自分のために知らないところで言葉を学んでいる。それだけで、心は愛されている実感に包まれる。

どんな高価なプレゼントをされるより、自分へ向けられる胡々菜の深い想いが俺を深く満足させていた。

「満月になるのは三日後だ。夜は、一緒に月見をしよう」

「でも、斗真さんは病院が……」

「どこから見上げても月はひとつだろ」

「あ……そっか。離れていても、お月見はできますね」

素早く言葉の意味を理解した胡々菜は、嬉しげに目を瞬かせる。

俺はその可愛らしい笑顔に頬を緩ませ、月の光を背に胡々菜の唇を深く塞いだのだった。

＊＊＊

翌朝。

幸せなまどろみの中で目を覚ますと、視線の先に斗真さんの綺麗な顔があってドキッとした。

(私、この人と結婚……するんだよね？)

なんだか夢だったみたいで、指にはまったルビーを確かめた。

やっぱりそれは薬指で美しく光っている。朝日を浴びた石は反射して、シーツの上にも色を落としていた。

「夢じゃなか……った」

「当たり前だ」

「わっ」

いつの間に起きていたのか、斗真さんは目を開けて私を見つめていた。

「お、起きてたんですか？」

(うっとり指輪を眺めているところを見られてしまった)

ささっと手を布団の中に戻すと、彼はくすくす笑って私の肩に頭を寄せた。

(っ！)

こんな甘えた仕草、胸きゅんを通り越して心臓爆発だ。

「胡々菜は……あったかいな」

「斗真さんだって」

「一人じゃわからない」

彼は私をぎゅっと抱きしめ、体温を分け合うようにしばらくその体勢でいた。

（こんなに甘えてくれる人だったなんて……付き合ってみないと人ってわからないなあ）

「胡々菜」

「はいっ？」

慌てて視線を上げると、彼はまだ半分寝ているような眼差しで言った。

「挨拶に行かなきゃ……な。親父と、胡々菜のお母さんに」

「あ、そうですね」

（私、斗真さんのお父様に、まだ一回もご挨拶してないんだった）

結婚を先に決めてしまって、お父様は怒らないだろうか。

「親父は本当に驚くほどの自由人だから。俺たちの人生にとやかく言うことはないだろうな」

安心しろと私の頭を撫でてから、そういえばと言って彼は尋ねてきた。

「胡々菜は仕事は続けるのか？」

「もちろんです。ただ、フラワーアレンジメントの仕事を副業でやってみたいなとは思ってますけど」

最近少しずつ商品になりそうな作品が完成してきている。

負担にならない程度に、必要としている人の手に届くといいな……というのが私の願いだ。

「いいんじゃないか？　そういうのは、いずれライフワークになるだろうしな」

「そうですね、斗真さんもお医者様は一生の仕事でしょうし」

「ああそうだな」

うんと納得してから、こちらを見つめてくる。

真っ黒な澄んだ瞳に見つめられると、血流が速くなってドキドキしてしまう。

「なん、ですか？」

「いや……可能なら胡々菜が病院にいてくれたらな、と思って」

「っ！」

クールで俺様気味な斗真さんが、こんな甘えたことを言ってくれるなんて。

(照れるけど、嬉しい)

「医局で待ってます！　って言いたいところですけど……それは難しいです」

「だよな。いくらお守りって言ったって、本体は持っていけない」

真剣にそんなことを言う斗真さんが可愛らしくて、クスクスと笑ってしまった。

「笑い事なのか？」

「いえ、すみません。でも斗真さんが可愛くて……」

「生意気だな」

怒ったふりをした斗真さんが私の脇腹をくすぐる。

「やだ、くすぐったい！」

身をよじって彼の手から逃れようとするも、彼は許してくれなくて。

ぎゅうと抱きしめられて、首の付け根に強いキスを落とされた。

「……っ、跡になっちゃう」

「襟のあるシャツを着れば隠れるだろ。連れていけないなら、マークぐらいつけておかないとな」

本気で言っているふうな彼の言葉が、胸をキュンとさせる。

独占したいと言っている感じがして、嬉しいのだ。

(息苦しい人もいるんだろうけど、斗真さんになら執着してもらってもいいな)

「心配しないでください、私はいつだって斗真さんの傍にいますから」

「当然だ」

抱きつき返す私の背を撫で、斗真さんは熱のこもったキスを幾度も落とすのだった。


好きな人と寄り添いあって将来を語るのは至福の時間だった。

これから先も喧嘩はするだろうし、誤解もあるだろう。

でも、お互いを大切に想い合う気持ちがあれば……きっと乗り越えていける。斗真さんとなら、それができる気がする。

(どんなことがあっても、斗真さんと一緒にいよう)

それは誰に対するものでもなく、斗真さんを愛する私自身への誓いでもあった——

第七章

ふたつなき　心は君におきつるを　またほともなく　恋しきやなそ
（拾遺集・恋二・大納言源きよかげ・七二一）

十月初旬、日本ではまだ残暑の名残があった。

そんな夏の気配を完全に脱していない中、私たちは暑さから逃げるようにイギリスに向かって旅立った。

「やっと着いたー！」

ほとんどまる一日を使っての移動。

ようやくたどり着いたのは、気温も湿度も快適なウェールズ地方のある街だった。

涼しい風が、腕を広げて目を閉じた私の頬を撫でていく。

（日本とは気候が違うんだな。すごくいい風……）

心地よさを感じている私の隣で、斗真さんが尋ねる。

「ホテルまであと少しだ。カフェに寄らなくて大丈夫か？」

「大丈夫です」

歩いているのはホテルに続く森林の中の小道。

私が乗り物酔いをしてしまったので、早めにタクシーを降りて歩いていたのだ。

「歩いていたら気分がよくなってきました」

「ならよかった。親父に会うのは明日だし、とりあえずホテルに入ったら少し休もう」

「はい」

斗真さんのお父様が暮らしている家は自然に囲まれたのどかな森林の中にある。

想像していた賑やかなロンドンの風景とはちょっと違った。

（でも自然豊かな風景も穏やかでいいな）

新鮮な空気を胸に吸い込みながら、私は生まれて初めての異国の季節に浸った。


ホテルはヴィクトリア様式の立派な建築物で、遠くから見ると、まるでおとぎの国に出てくるお城だった。

「これ、本当にホテルなんですか？」

近づいてみても、それは圧倒的なオーラを漂わせていて、入るのに躊躇してしまう。

「怖気づく必要ないだろ。ほら」

足を止めた私を見て、斗真さんは笑いながら私に手を差し伸べてくれた。

その手に応えた私は、呼吸を整えながら姿勢を正してそろりと中に入る。すると、そこには思わず声をあげてしまいそうなほど美しいエントランスが広がっていた。

「わぁ、広くて綺麗！」

（映画でこういう場面見たことあるかも）

どこをとっても歴史の重みを感じ、古びた装飾品にもまた歴史を感じてワクワクする。

興奮する私の手を握りながら、斗真さんはチェックインを済ませて部屋に向かった。

「乗り物ばかりで疲れただろ。部屋で少し休んだほうがいい」

「そうですね」

（初めての海外にちょっと興奮してるみたい）

案内された部屋は、贅沢すぎるほど広々としたスイートルームだった。

「すごいお部屋ですね」

「人気が一番あるらしい」

リビングには暖炉と赤いビロードの高級なソファが置かれていて、窓の外に広がる大自然をゆったり眺められるようになっている。

（こんな立派なお部屋で、休めるかなぁ）

そんな心配すらしてしまうほど、部屋の内装はあまりに立派だった。

奥のベッドルームも、リビングと同じ雰囲気で統一されている。

綺麗に整えられたベッドと部屋に設置された飾り棚には、チェスや書籍が並んでいる。

「国も時代も超えて、タイムスリップしちゃった感じがします」

ふかふかのソファに腰掛け、私はふうとため息をついて目を閉じた。すると、斗真さんが隣に腰掛けながら私の肩をそっと抱き寄せる。

「旅先で自分以外の人間といるのに、自然体でいられるっていうのが不思議だ」

「そうなんですか？」

私となら自然でいられるっていうのはかなり嬉しい。

「私、斗真さんに見つけてもらったんですね」

「そうだな……よく存在してくれてたな、って思う」

真面目な調子でそう言うと、斗真さんは私の額に唇を押し当てた。ひんやりとした唇の感触はくすぐったくて、甘い気持ちになる。

（幸せだな……）

海外にいるからとか、立派なホテルに泊まっているからとか。

そういうのも嬉しいけれど、私が本当に幸せな気持ちでいられるのは……斗真さんが隣にいてくれるから。

「ありがとうございます」

「ん？」

「見つけてくれて……ありがとう」

（斗真さんの強引さがなかったら私、多分諦めていたし）

胸が熱くなって涙がこぼれそうだ。

斗真さんは私の髪をくしゃっと撫で、ぎゅっと自分のほうへ体を抱き寄せた。

「俺のほうこそありがとう。こうして何年も、先の未来も、隣にいてほしい」

「もちろんです」

確かめるようにキスを交わした私たちは求め合う空気に包まれる。

「ん……」

鼻にかかる甘い声が情欲のスイッチを入れた。

柔らかな唇が触れるたびにもっと熱が欲しくなる。

(疲れてるはずなのに)

斗真さんの力強い腕に抱き寄せられ、そのままソファにゆっくり押し倒された。

煌びやかなシャンデリアが視界に入ると同時に、彼の美しい顔も映り込む。

「胡々菜……どうした？　泣きそうな顔をしている」

(泣きそう？)

頬に手をやると、確かに涙がひとすじ伝っていた。

感じていたのは胸に込み上げる熱い想いと、斗真さんを欲する強い気持ちだ。

(これって……)

「幸せすぎて、嬉しすぎて……勝手に涙が出たのかも」

「そんなことって、あるのか？」

不思議そうな顔をしつつ、斗真さんは私の頬を撫でて優しくキスを落としてくれる。

そのキスに応えながら、私も彼の頬や髪を撫でた。

（柔らかい髪）

さらっと指を通る髪に触れ、その心地よさで嬉しさがまた膨らむ。

（特別深い重なりがなくても、触れているだけで幸せっていうのもあるんだな）

それは斗真さんも同じようで、髪や頬や手……服を着たままでも触れられる場所へのキスをして嬉しそうに目を細めた。

「胡々菜と一緒にいる。それを感じられるだけでいい……今夜はそんな気分だ」

「はい。私もです」

同じ気持ちだったのが嬉しくて、私は身を起こして彼にそっと口付けした。

「斗真さんの腕の中にいられたら、私はいつだって幸せです」

「そうか」

斗真さんはふっと笑って、私を両腕の中にすっぽり閉じ込める。二つほどボタンの外れたシャツからは、今日通った森林の清々しい香りがした。

その香りを胸いっぱいに吸うと、幸せがふわりと広がる。

（ここが私の……安心で安全な場所）

彼の温かな腕の中で、私はようやく少しだけ気持ちを緩めることができたのだった。


翌日。

約束した通り、斗真さんのお父様とご対面を果たした。

先に約束のカフェに到着していたらしいお父様は、私たちを見ると椅子から立ち上がって微笑んだ。

(あ、あの方かな?)

目を引く彫りの深い顔立ちで、髪はロマンスグレーといえるような素敵な初老の男性だ。目元と鼻の形が斗真さんとそっくりで、彼のお父様なんだなとすぐにわかった。

「はじめまして」

そばまで歩み寄ると、お父様は気さくに私に笑いかけた。

「君が斗真のフィアンセだね」

「は、はい。月野胡々菜と申します」

深々と頭を下げながら自己紹介するとお父様はますます嬉しそうに微笑む。

「そうか、そうか。いいお嬢さんじゃないか。斗真のこと、よろしく頼んだよ」

「は、はい」

「斗真も、胡々菜さんと幸せになりなさい」

「……ええ、もちろんです」

斗真さんは何か言いたげな顔をしつつも、強く頷いた。

「うん、じゃあ私は午後から用事があるから。またイギリスに来たら寄りなさい」

「そうします」

「え?」

（それだけ？）

私について掘り下げることもなく、お父様は私たち二人と握手と抱擁を交わして去っていった。

驚くほどライトで自由人。

（いくらなんでも、もう少し話とかしないかな？）

驚きすぎてあんぐりしている私の横で、斗真さんは苦笑した。

「驚かせて悪い。俺もここまでドライだと思わなかった」

「ていうか……お許しはもらったんですよね？」

「許すも許さないも、正直あの人にとって俺の結婚なんて大した問題じゃないしな」

「……」

（うーん、そうかぁ。自由人ってそういうことだったんだなあ）

本人があまりに自由だから、家族になった人は寂しい思いをしてしまう。

それは悪気がないにしても、度を越していた。

そういうことを今回、本当の意味で理解した。

「こうなるのを予想してたから、料理は頼まなかったんだ」

「そうなんですね」

あまりに簡単すぎるご挨拶にまだ少し動揺しつつも、とりあえずは認めてもらえたということで安心する。

すると急にお腹が空いてしまって、ぐうと音が鳴った。

「じゃあ次の予定地に行くか」

「次の？」

聞いていなかったからポカンとしていると、斗真さんは悪戯な顔をする。

「実は姉貴夫婦と絵茉が来るって言ってて、近くのレストランで約束してるんだ」

「えっ！　おハルさんたちと会えるんですか？」

イギリスに渡って早々に入籍したおハルさんは、もうすっかり安定した生活をしている。

そのおハルさん達が住んでいるのはロンドン地方で、今いる場所からかなり離れているはずだ。

(今回の予定では寄るのは難しいって言われたから諦めてたのに)

「サプライズにしようと思って、ここまで秘密にしてたんだ」

斗真さんからのかなり貴重なサプライズに、心から嬉しいと思った。

「きっともう待っている。行こう」

「はい！」

(まさかこんな早く再会が叶うなんて)

タクシーに乗っておハルさんと絵茉ちゃんが待つレストランに向かう。

窓の外を見ると、白い月が浮かんでいた。

(まんまるだなぁ)

「今日って満月でしたっけ？」

「どうだろう……調べてみよう」

スマホで満月カレンダーを確認した斗真さんは、それを見てもう一度頷いた。

「ちょうど満月だ。タイミングいいな」

二人で窓の外に視線を向け、流れていく風景の中で動かずにいる月を見上げた。

雨じゃない日にこうして空を見るのは珍しくて、私は彼と一緒に月を眺められる幸せを感じた。


「はあ、楽しい一日だった！」

ホテルに戻るなり、私はソファに腰を下ろしてふうと満足のため息をついた。

（お父様にもおハルさん夫婦と絵茉ちゃんにも会えたし、本当に最高の一日だったなあ）

レストランで再会した私たちは、まるで桐生のお屋敷で食事をしたときのように談笑しながら、素敵な時間を過ごした。

「おハルさんと絵茉ちゃん、元気そうでしたね」

「ああ」

絵茉ちゃんのことを心配していた斗真さんも、こちらでイキイキしている彼女を見て本当に安心したみたいだ。

（おハルさんの旦那様も素敵な人だったし。本当によかった）

「今度は皆で日本に来てもらえたらいいですね」

「そうだな」

斗真さんのお母様に会うことはまだ叶わないけれど、いつか会える日が来たらいいなと思ったのだった。

そのあと帰国した私たちの生活は、すっかり日常に戻っていた。

次は母に会いに行こうと言っていたけれど、斗真さんの仕事の関係でまだ少し時間がかかりそうだった。

「すぐに行けなくて申し訳ない」

「大丈夫です、母は私が結婚したい人ができただけで安心したみたいなので」

「そうならいいんだが……」

斗真さんはすぐに行けないことを気にかけてくれていて、その気持ちが嬉しい。

「むしろ寒いくらいの季節のほうが温泉地だからいいんじゃないかなって言ってましたよ」

実家は関東から少し離れた場所にある温泉地だ。

母が住む家も冬は雪が多く積もるので、そういう季節を感じるのも悪くない。

「そうは言っても、早いほうがいいだろ。来月の頭には時間を作るからそう伝えておいてくれ」

「はい。母も喜ぶと思います」

こうして、十一月の初旬に私の実家に行くことが決定した。

実家に行くまでの間、私たちの間に何もなかったかというと、そうでもない。

なかなかお休みをしっかり取るのが難しい斗真さんだけれど、二人の時間が全然なかったわけではなく、隙間時間を作っては一緒に過ごしてくれた。

時には半日休みができたとかで、お気に入りのブックカフェに出かけたりもした。

メニューはだいたい決まっていて、お店のオリジナルブレンドと店主さんが作っているパウンドケーキのセットだ。ドライフルーツが練り込まれたケーキには、少しだけホイップクリームをつけて食べるのがいい。

「はあ、今日も美味しい」

ケーキを一口食べてから淹れたてのコーヒーを啜る。口の中に広がるほろ苦い香りが、鼻に抜けていって言い表せないほどに心を満たす。

（最近、こういう幸せを感じる瞬間がたくさんあって嬉しいな）

「私もこのブックカフェ、お気に入りになっちゃいました」

こっそりそう言うと、小説に没頭していた斗真さんがふと視線をあげて私を見た。

「何か言ったか？」

「ふふ、いいえ。コーヒーが美味しいって言ったんです」

「そうか」

再び視線を落とす彼の横顔を見つめ、私はやっぱり幸せだなと再確認する。

（自分の人生にこんなに幸せが訪れるなんて……まだ夢みたいだな）

二人で過ごすのもいいし、一人で過ごすのもいい。

休日に一人でいるのは得意じゃなかったけれど、斗真さんとマンション暮らしをするようになってからは一人時間を心から楽しめるようになった。

（私はこんな感じだけど、斗真さん自身はどうなんだろう）

そう思っていた矢先、斗真さんがその日の夜にふっと思いがけないことを言った。

「やはり俺にはお守りが必要なんだな……」

「え？」

もうベッドに入って目を閉じようとしていたときだったから、一瞬寝ぼけたのかと思って斗真さんを見る。すると彼は真面目な顔で天井を見つめている。

「数日泊まり込むくらいは慣れていると思ってたんだが」

（病院でのことかな？）

表情を窺い見ると、彼はふっと笑ってこちらを向いた。

「胡々菜の笑顔がないと、元気が出ない」

「……っ」

（斗真さんが私不足で元気が出ない？）

恋人になる前までは絶対にあり得なかった彼の変化に驚く。と、共に嬉しさに頬尾が緩んだ。

「時々、医局に差し入れしにいっていいなら……行きますけど」

「胡々菜が負担じゃないなら」

「全然負担じゃないです！　私だって斗真さんに会いたいんですから」

うんうんと頷いて見せると、彼はありがとうと言って唇を寄せてきた。

最初触れるだけだったキスはあっという間に深くなり、お互いに何かを確かめるように唇を合わせ続けた。

「ん……」

口蓋をなぞるようにして触れる斗真さんの唇に誘われ、薄く唇が開く。すると隙間から舌先が忍び込み、あっという間に私の舌を探り当てられた。

「んぁ……ん」

導かれるように舌先を絡めると、そのまま熱を分けるように深く触れ合う。行き先を定めないままに、お互いに求めるだけ熱を与えた。

「は……ぁ」

どれくらいキスを重ねていたのか。

次第に頭がくらくらして。呼吸が追いつけなくなる。

(でも止まりたくない)

溢れてくる欲求が私の理性を超えて、さらに求めようとした。

でも、そこは斗真さんの冷静さが勝ったようで——

「悪い、夢中になりすぎた」

彼はキスを止め、私の体をぎゅっと抱きしめた。

呼吸を整えながら抱きしめられる感覚は、愛されている実感が湧いてきて嬉しい。

(必ずしも激しく抱き合うだけが愛し合うってことじゃないんだな……)

「斗真さん……大好き」

彼の胸に額を擦りつけ、子どものように甘えてみせる。

するとと彼はそれを愛おしげに受け止めながら、ふと呟いた。

「ふたつなき心は君におきつるを……か」

（……和歌かな）

「それってどういう歌なんですか？」

視線だけ上げて尋ねると、斗真さんは髪を撫でてくれながら小さく笑った。

「今はもう寝たほうがいい。明日に響くだろ」

「ん……そうですね」

時々つぶやかれる彼の文学的な言葉は、時間が経ってから私を驚かせたりする。

今回もきっと彼の想いが投影された歌なんだろう。

（調べたらわかるかもしれないな）

耳にした上の句を忘れないようにしようと思いながら、私は彼の腕の中で深い眠りに落ちた。


十一月に入り、そろそろ紅葉も本番かなという気候の中、私たちは実家を目指して長距離移動していた。

窓の外に見える木々は紅葉で、道路脇に赤や黄色の彩りを添えている。

「北の方は寒いから、やっぱり紅葉が早いな」

珍しい風景を見るように、斗真さんはチラチラと視線を左右に向けた。

「実家はもっと寒いので、多分、紅葉は終わっちゃってるかも」

「まあ、それはそれで風情があるな」

斗真さんはどんな景色にも風情を感じる人だ。

満開の桜より新緑になりかけの木々を愛でるような……そんな感性の持ち主。

(私よりずっと繊細なんだよね。そういうところもギャップで好きなんだけど)

私はもっぱら温泉と美味しいお料理が楽しみで。そういう単純明快なところが、斗真さんはいいと言ってくれる。

「実家の近くの宿にしちゃったけど、大丈夫でしたか？」

「もちろん。お母さんにはなるべく労力かけたくないからな」

斗真さんが休みを取れるかわからなかったけれど、一ヶ月前から温泉宿を予約して、そこで母と一緒にお夕飯を、と計画しているのだ。

「斗真さんに会ってもらうの、すごい緊張する！」

助手席で足をバタつかせる私を見て、斗真さんが苦笑する。

「緊張するのは俺だろ」

「でも私、昔から彼氏を連れていくとかもなかったから。照れるっていうか……」

「初彼氏って感じなのは、俺としては嬉しいけどな」

そう言って、斗真さんは満足げに目を細めた。

(最近、本当に言葉を惜しまなくなったなぁ)

私への好意を素直に口にしてくれるようになったのは、照れるけどすごく嬉しい。

ようやく旅館に到着したのは夕方の五時過ぎ。約束の六時にはあと少しという時間だった。

「さっきメッセージに家を出たって連絡あったから、そろそろ着いてるかも」

「そうか」

急いで車を降りて玄関に向かうと、遠目に母らしき人が玄関に入っていくのが見えた。

駐車場からそこまでは緩い坂道になっていて、人物の全身までは見えない。

(でもあの髪の長さとか……多分そうだ)

「お母さん！」

思わず声をかけると、その人は足を止めてこちらを見た。

「……胡々菜？」

(やっぱりお母さんだ)

嬉しくなって、私は少し距離のあった坂道を駆け上がっていた。

「お母さん、来てくれてありがとう！」

「ちょうど一緒に着いてたみたいねえ」

タクシーに手を振った母が私を見てにこりと笑う。

一人で暮らしているのを心配していたけれど、血色もよくて以前より若々しい。

「元気そうでよかった」

「あなたもね」

ふふと笑って、母は私の後ろに目をやる。

「あの方が斗真さん？」

「あ、そうなの」

（いけない、思わず斗真さんを置いて走ってきてしまった）

振り返ると、斗真さんは余裕ある笑みで私を見てから母に頭を下げた。

「桐生斗真です。はじめまして」

「あら、あら。はじめまして。あらー、写真で見るよりいい男だわねえ」

母はあらあらを繰り返し、斗真さんを見上げている。

予想通りというか、予想以上というか、芸能人でも見るかのような視線だ。

「お母さん、とりあえず中に入ろう？」

「そうね」

「あ、僕が荷物持ちますよ」

母が持っていた重そうな荷物を斗真さんが受け取って、先に旅館の中に入らせる。

そのスマートなエスコートが、母をますます興奮させた。

（私だってここまで紳士な斗真さん、なかなか見ないよ？）

そんなことを思いつつ、私たちは用意された和室へと向かった。

純和風の老舗旅館で出されたお膳は、どれも綺麗に盛り付けられていて、目にも楽しいお料理ばかりだった。

「美味しそうね。こんなのお母さん、普段口にしないから嬉しいわ」

日本酒で乾杯して少しほろ酔いの母は、心から嬉しそうにしている。

その姿を見るだけで私は安心した。

(奮発して一番美味しそうなのにしてよかったな)

「それで、斗真さんは胡々菜のどこを好きになってくれたのかしら?」

「っ、お母さん?」

「これは絶対聞きたいと持ってたのよ」

母は私を睨み、文句は言わせないという勢いだ。すると斗真さんは困る気配もなく口を開いた。

「胡々菜さんとは一緒にいると安らぎますし、楽しいんです。自分の周りに、そういう人がいなかったので……すぐにこの人だなと思いました」

(そ、そんなふうに思ってくれてたの?)

「あらあら、そうなのね。楽しいって言ってもらえるのは素敵ね。結婚生活は楽しい人といるのが一番いいもの」

母は嬉しそうに頷き、今度は私の幼少期の話や好きな土地の話を始める。

お料理をつまみながら、斗真さんは母の話を嬉しそうに聞いていた。

(お母さんが嬉しそうでよかった……斗真さん、ありがとう)

どこか照れが残りつつも、母と斗真さんが打ち解け合っている姿が見られるのは本当に嬉しかった。

やがて母は箸を置いて、しみじみしたように言った。

「……よかった。胡々菜が自分で相手を見つけられて」

「見つけられないかもって心配した？」

「そうねえ」

あまり結婚をうるさく言わなかったものの、やっぱり将来をどうするかは心配していたようだ。

「あなた、お父さんに似てお人よしだから。変な男性に引っかかったらどうしよう……とは思ってたわ」

「変な男性って……」

(でも危なかったんだよね。ストーカー被害に遭ったことは絶対言わないようにしよう)

ヒヤヒヤしていると、斗真さんは大丈夫と頷いてみせた。

「これからは僕が彼女を守っていきますので。心配いりません」

「そうね、本当に……娘をよろしくお願いしますね」

目を潤ませた母につられ、私も思わず涙ぐんでしまう。

こんなにもちゃんと私を愛してくれる人を見つけられたこと、見つけてもらったこと、本当によかったなと心から思えた。

食事を済ませ、母は、持ってきた大きな荷物は私たちへのお祝いだと言った。

袋の中には地元の特産品と、私たちのためにと作ってくれたプリザードフラワーが入っていた。

「枯れないお花っていうのも悪くないでしょ」

ガラスの中で色褪せずに色を保つ薔薇が、嬉しそうに輝いている。

「わざわざ作ってくださったんですか」

「一応、お花を扱うプロですから」

「ありがとうございます」

斗真さんはそれを大事に受け取ると、割れないように窓際のテーブルに丁寧に置いた。

そして、ふと時計を見て窓の外を見る。

「タクシーが来たかもしれない。ちょっと確認してきます」

「ありがとう」

斗真さんが出ていった部屋で、私と母は改めて親子で向き合った。

(婚約者と会ってもらったあとだと、やっぱりちょっと照れるな)

「ありがとう、お母さん……大事にするね」

もじもじしていると、母はくすりと笑って私の手を握った。

「幸せになってね、胡々菜」

「……うん」

「きっと、お父さんもお空で喜んでるわ」

「……ん」

（やばい、泣きそう）

母はこぼれそうになった涙を拭ってくれながら、微笑んだ。

「まだ早いわ。お母さんだって、結婚式まで泣かないって決めてるんだから」

「うん、うん」

（そうか……お母さん、涙を我慢してくれてたんだ）

急に母と離れるのが寂しくなり、重ねられた手を握った。

「ねえ、お母さん。このまま泊まっていかない？」

「何言ってるのよ。うちでは泊まってもらうスペースがないから宿にしてもらったんだし。斗真さんも窮屈でしょう」

「斗真さんはそう言わないと思うけど」

「ふふ、本当にいい人なのね」

母は嬉しそうに言ってから、真面目な顔で頷いた。

「斗真さんは花まるなお相手よ。胡々菜が安心して笑顔でいられる人だからね」

（花まる、かあ）

「だから、何があってもしっかり向き合って。二人の関係を大事にしていくのよ」

「うん、わかった」

大切な大切な言葉をもらい、私は母の前でやっぱり少し涙してしまった。

母を見送ったあと、ロビーで少しくつろいでいる間に、もう家に着いたという連絡が入った。

「よかった、無事に着いたみたいです」

「そうか」

斗真さんも安堵した様子で頷く。

これで今夜は心おきなく休めそうだ。

「じゃあ……予約したお風呂に行きます？」

時間を確かめてからそう告げると、斗真さんもそうだなと立ち上がる。

「酒であったまった体も少し冷えてきたし……頃合いだろ」

「はい！」

要予約の混浴に、二人だけのお風呂タイム。

最小限の照明のみで、檜のお風呂が幻想的に浮き上がっている。

脱衣所もすぐ隣にあり、隠し事はなし……だ。

「斗真さん、脱ぐときだけは後ろ向いててくださいね」

「今更？」

「そうです！」

急いで裸になり、シャワーで体を軽く洗ってそそくさとお湯に入る。

するとすぐに斗真さんも同じように入ってきた。

「わっ」

なみなみと入っていたお湯がお風呂の淵からザバーッと流れ出てすごい音をたてた。

「斗真さん、やっぱり大きいんですね」

身長があるからという意味だったのに、斗真さんは何か勘違いしたみたいで、ムッとして私を後ろからくすぐった。

「きゃ」

「太ってるとでも言いたいのか」

「ち、違いますよ！　やだ、くすぐった……やめて!!」

本気で嫌がったから、斗真さんはくすぐるのをやめてそのまま両腕で私を抱きしめた。

引き締まった胸板が背中に触れて、ドキッとする。

「これでよかったか」

「ん……はい」

（うう、こんなに密着してると変な気分になってくるなぁ）

少しの沈黙のあと、斗真さんがうなじにキスをした。

（あ……）

じわんと響く甘い痺れに、声が洩れそうになる。

「と、斗真さん。ここじゃ……」

「わかってる。触れるだけだ」

首筋にキスを這わせながら、ゆるゆるとお湯の中で柔らかな場所に触れてくる。

温かいお湯と彼から送られる切ない刺激で、驚くほど早く顔に血が上った。

（く、ククラする……っ）

「胡々菜？　大丈夫か」

茹で上がったタコのような私をお湯から出すと、斗真さんは優しく全身をタオルで包んでくれた。

「呼吸は乱れてないな。心音も……大丈夫そうだ」

「ん、平気です」

（興奮しすぎただけなんです……恥ずかしいっ）

持ってきた水を飲んで、外の空気に触れているうちに頭がクリアになっていく。

「はあ……もう平気です」

「そうか。じゃあ浴衣に着替えたら部屋に戻ろう」

「そうですね」

選べる浴衣に着替えた私を見て、斗真さんは目を丸くする。

「その浴衣……」

「あ、これですか？　旅館の方が選んでいいというので、お風呂に入る前に選んでおいたんです」

「へえ……」

小さく呟くと、彼はまだ私をまじまじと見つめている。

（なんだろ、着こなしが間違ってるのかな？）

「変、ですか？」

「いや……」

斗真さんはスッと視線を外すと、急足で部屋に戻って窓を開けた。

「暑いな」

「そう、ですかね」

(どうしたんだろ？　なんか様子が変)

首を傾げつつ、私は斗真さんにならって窓際に設置された椅子に座った。

するとすぐに斗真さんは席を立って、急須を手にした。

「お茶、飲むか？」

「え？　あ、はい」

「たまには俺が淹れよう」

そう言って、斗真さんは新しい茶葉で私のためにお茶を淹れてくれた。

香ばしい番茶の香りが心地よく鼻腔をくすぐる。

「いただきます」

お料理を消化してくれた胃に、番茶が優しく落ちていく。

「はぁ……落ち着く」

満足して呟くと、斗真さんも新しいお茶を淹れて椅子に腰掛け直した。

なんとも言えない幸福感の中、心の底から満たされ、ため息がもれる。

(ため息って、幸せすぎる時にももれるんだなあ)

「あ……」

その時、開けていた窓から紅葉した葉が風に乗って入ってきた。

そしてそのまま、ひらりと湯呑み茶碗の中に舞い落ちる。

「落ち葉もお湯に浸かりたいみたいだな」

茶碗の中を覗きこんで、斗真さんが楽しげにそう言う。

(またも風流なことを言うなあ)

「確かに……真っ赤ですね。お茶に浸かって、のぼせちゃったかな」

「はは、そうかもな」

私の返しが受けたようで、斗真さんは笑ってからしみじみと外の景色を見た。

そしてライトアップされた木々を眺めながら、ふと歌うように言葉を紡いだ。

「ふたつなき心は君におきつるを……またほともなく恋しきやなぞ」

「あ、その和歌って」

(以前、上の句だけ言っていた和歌だ)

斗真さんは頷いて私を見る。

「ふたつとない私の心はすべてあなたのもとに置いてきたのに、離れたらまたすぐに恋しくなってしまう……そんな歌だ」

「恋の歌、だったんですね」

そのときの私は、きっと紅葉した葉よりも赤くなっていたに違いない。

（ロマンチックがすぎるでしょ）

会っているときは十分だと思っていても、離れたらまた会いたくなる。

その心はいつも私が斗真さんに思っているものだ。

（その歌を口にしたってことは、斗真さんも同じ気持ちでいるってこと？）

視線を向けると、私の疑問に応えるように彼は笑顔を見せた。

「一分も離れていたくない……そう思える女性は、胡々菜だけだ」

「っ、斗真さん……」

たまらず席を立ち、私は斗真さんに抱きついた。

それを深々と受け止め、首筋に強くキスしてくれる。

「愛してる……胡々菜。永遠にお前だけを……」

「嬉しい……私も同じ。ずっと、ずうっと斗真さんだけ愛してます」

斗真さんの腕に腰を引かれ、導かれながらキスを落とす。

自分からキスを降らせるのは初めてだったけれど、愛おしい気持ちのままに彼の頬や鼻筋や唇へと口付けていった。

（甘い……お酒の香り）

吐息が絡んで視線が合う、と同時に彼は私の後頭部を抱えるようにして深く口付ける。

「ん……はぁ」

軽く留めてあったバレッタが外れ、髪がくしゃくしゃになってもキスは止まらない。

「んっ、ふ……」

追いかけ、追いかけられ、行く当てのない口付けに夢中になる。

熱が上がると共に、情欲も当然のように高まっていった。

「胡々菜」

軽く息が上がった状態で、斗真さんが耳元で囁く。

「我慢できそうにない……いいか？」

「……はい」

頷くやいなや体ごと抱え上げられ、すでに敷いてあった布団の上に寝かされた。

お湯で熱っていた体に、また別の場所からじわじわ熱が込み上がってくる。

(早く触れてほしい)

手を伸ばして斗真さんの肩に腕を絡めると、彼はふっと笑ってキスを落とした。

「積極的なお前も悪くない」

スッと帯が解かれ、着付けた浴衣があっけなくはだける。

晒された胸元に手のひらが置かれ、その熱さにハッとなった。

「斗真さんの手……熱い」

「誰が熱くした？」

「誰……って」

(私しかいないけど)

「こんな煽るような浴衣着て……」

「あっ」

袖から手を抜かれ、斗真さんは剥ぎ取った浴衣に口付けをする。

「時々、驚くほど女っぽくなるの、なんなの」

可愛いと思って選んだ浴衣が、彼にとっては刺激的だったらしい。

思ってもみない反応に少し驚くけれど、やっぱり嬉しさのほうがずっと上回る。

「褒めてくれてるんですか？」

「胡々菜がそう感じるなら、そうなんだろ」

久しぶりに聞く斗真さんの天邪鬼な返答が、今はなんだか可愛らしいと思える。

（あの斗真さんが、こんなに愛してくれるようになったんだもんね）

「嬉しい」

素直にそう口にし、斗真さんの手をさすった。

すると大きな彼の手が胸元からするっと降りて、白い膨らみを優しく揉みしだいた。

「っ、ぁ……ん」

敏感にすぼまった先端の蕾が指に触れるたび、甘い声が漏れてしまう。

（こんな声……自分じゃないみたいで恥ずかしい）

女の声。そう自分でも思う。

人間はスイッチが変わると本人すら想像のつかない姿になると、斗真さんと肌を重ねてから知った。

「感じるか？」

「ん……」

「これは？」

ピンと弾いてから、舌先で先端をざらりと舐め取られる。

「んぁ……っ、ん」

「いい声だ」

（勝手に声が出ちゃう）

消せない強固な理性をしのぎ、浮いてしまいそうな快感が大きくなっていく。

「こっち見て」

顎に指をかけられ、斗真さんの目が私にまっすぐ降り注いだ。

射抜くようなその鋭い瞳に捉えられ、鼓動が一気に跳ね上がった。

（こんな瞳……初めて）

いつも冷静な彼の瞳の奥に、動揺とも取れるような情熱的な炎が見える。

「余計なことを考えるな」

言い聞かせるようにそう言うと、斗真さんは唇からたどるようにキスを下ろしていく。吸ったり舐められたりしていく場所には、次々に熱の花が咲いていった。

「んっ、はぁ……っ」

甘やかに求める情欲が高まってきて、たまらず身をよじる。けれど、そこから逃れようとする腰はあっけなくつかまり、さらに敏感な場所に強い愛撫が加えられていった。

「あ、そこは……」

たくさんのキスで潤った秘部に、彼の中指がそっと差し入れられる。ぴくりと体を反応させたあと、さらに力が加わってグッと沈み込んでくるのがわかった。

「ぁぁ……っ」

「一本じゃ足りないか」

意地悪な声が降ってきて、開かれた場所がさらに広がる。

「……っ！」

びくりと背が跳ね上がり、中が軽く収縮した。

（今のって……）

「イったみたいだな」

「そ、そんなこと」

「心配するな、これで終わらない」

指をするりと抜いて、斗真さんは身を起こした。

すると体の力がガクンと抜けて、四肢に力が入らなくなる。

（本当に……イっちゃったんだ）

呆然とする中、斗真さんは自分の浴衣も脱いでバッグの中の避妊具を取り出す。

「今日の胡々菜はいつもと違うな」

「……違い、ますか？」

「ああ」

短い会話中に手にしたそれをすばやく着け、待ちきれないように入り口へ当てる。この時にしか触れない場所が、お互いに限界に熱くなっているのがわかった。

（確かに私、いつもと違う……もう今すぐにでも欲しいって……思ってる）

その思いに応えるように、斗真さんは様子を窺ったりしないで押し入るように体を重ねてくる。

「っ、あぁ……っ」

一度達した場所なのに、まだそこは彼を飲みこむ余裕があったみたいだ。

痺れる感覚と甘く切ない刺激で、意識が遠のきそうになる。

「辛いか」

「ううん、だいじょう……ぶ」

（嬉しい、幸せ……大好き）

ただただ、斗真さんが好きだという気持ちが膨らんで、言葉にならない。

「駄目、駄目……また……」

「何度でもイけばいい」

ゆっくりだった動きが次第に速さを増し、肌を打ちつける音が室内の空気を震わせた。

「あっ、あ……っ」

「中……狭いな」

「やっ、何かくる」

（波が……後ろから……）

奥の大きく反応していた場所をぐんっと突き上げられると、その反動で体が弓形に反り返った。

「――――っ！」

声にならない声で叫び、全身が大きな快感にさらわれると同時に硬直する。

（イ、く……っ）

「胡々菜」

浮いた背中を抱きしめ、斗真さんも数回体を震わせる。

（一緒にイったのか……な）

ぼんやりそんなことを考える間に、波が引くように力を奪い去ってく。

「は……ぁ」

さっきとは比べものにならないほどの快感と脱力を同時に味わい、私はしばらくコントロールを失った人形のように彼の腕の中でぐったりと身を預けた。

「……少し乱暴だったか」

斗真さんは軽く息を弾ませながら、私の頬を撫でる。汗で張りついた髪が、彼の指で心地よく梳かれていく。

「胡々菜？」

「ん……大丈夫……乱暴じゃ、なかったですよ」

（むしろ、こうして激しく求められるの、私……結構好きなのかも）

そう思って微笑むと、斗真さんもほっとしたように頷いた。

「もう離れることはないんだとわかっていても、どこまでも一体になろうとしてしまう」

「一体に……」

（そうか……私たちって別々の人間だものね）

そんなことを考えている斗真さんが、やっぱり不思議で愛おしいと思ってしまう。

私なんかよりずうっと深く愛について知っているような部分も……

「私はあなたから離れたりしないですから。大丈夫ですよ」

「ああ……約束だ」

しっとり汗ばんだ体を寄せ合い、私たちは隙間なくくっついたまま目を閉じる。

トクトクと心音が響いて、斗真さんがちゃんといるんだと安心する。

（この人と一緒なら、きっとなんでも乗り越えられる）

愛することで、底知れぬ勇気を得られると知った。

私はどんなことがあっても、この人の手を離さないだろうと……そう確信して、穏やかな眠りの中へ誘われたのだった。

～大人のための恋愛小説レーベル～

ETERNITY
エタニティブックス

エタニティブックス・赤

やんごとなき寵愛が炸裂!?
君の素顔に恋してる

伊東悠香《いとうゆうか》

装丁イラスト／潤宮るか

地味な顔が原因で、過去に手痛い失恋を経験した優羽《ゆわ》。それ以来、メイクで完全武装し、仕事に精を出す日々を過ごしていたのだけれど……ある日、派遣先の大企業でかつての失恋相手・蓮《れん》と再会してしまった！ なんと彼は、派遣先の副社長だったのだ。優羽のことを覚えていない様子の彼は、ある出来事をきっかけに、猛アプローチをしてきて——!?

※エタニティブックスは大人の女性のための恋愛小説レーベルです。ロゴマークの色で性描写の有無を判断することができます（赤・一定以上の性描写あり、ロゼ・性描写あり、白・性描写なし）。

詳しくは公式サイトにてご確認ください。
https://eternity.alphapolis.co.jp/

携帯サイトはこちらから！

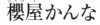

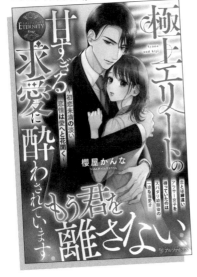

この作品に対する皆様のご意見・ご感想をお待ちしております。
おハガキ・お手紙は以下の宛先にお送りください。

【宛先】
〒150-6019 東京都渋谷区恵比寿 4-20-3 恵比寿ｶﾞｰﾃﾞﾝﾌﾟﾚｲｽﾀﾜｰ 19F
（株）アルファポリス　書籍感想係

メールフォームでのご意見・ご感想は右のＱＲコードから、
あるいは以下のワードで検索をかけてください。

アルファポリス　書籍の感想　検索

ご感想はこちらから

冷徹《れいてつ》外科医《げかい》のこじらせ愛《あい》は重《おも》くて甘《あま》い

伊東悠香（いとう ゆうか）

2024年 6月 25日初版発行

編集－馬場彩加・境田 陽・森 順子
編集長－倉持真理
発行者－梶本雄介
発行所－株式会社アルファポリス
〒150-6019 東京都渋谷区恵比寿4-20-3 恵比寿ｶﾞｰﾃﾞﾝﾌﾟﾚｲｽﾀﾜｰ19F
TEL 03-6277-1601（営業）　03-6277-1602（編集）
URL https://www.alphapolis.co.jp/
発売元－株式会社星雲社（共同出版社・流通責任出版社）
〒112-0005 東京都文京区水道1-3-30
TEL 03-3868-3275
装丁イラスト－海月あると
装丁デザイン－hive & co.,ltd.
（レーベルフォーマットデザイン－ansyyqdesign）
印刷－中央精版印刷株式会社

価格はカバーに表示されてあります。
落丁乱丁の場合はアルファポリスまでご連絡ください。
送料は小社負担でお取り替えします。

ISBN978-4-434-34040-6 C0093